金牌小说

THE WOLF WILDER
骑狼女孩

〔英〕凯瑟琳·朗德尔 著　　〔菲〕杰尔拉夫·安比可 绘

徐海幓 译

晨光出版社

前言 preface

像狼一样勇敢

在西伯利亚一望无际的雪原上,有一座木质的小房子。那里广阔无边,仿佛已被世人遗忘;那里寂静无声,只是偶尔会传来一声狼的嗥叫。这就是菲奥的整个世界,在别人眼里看来或许有些荒诞,但这里就是她的家,给她温暖,赋予她勇气。

菲奥的妈妈是一名驯狼人,专门教圈养的狼如何恢复野性,如何捕猎和搏斗,从而让它们重新获得在荒野中生存的能力。经过训练而恢复野性的狼,最终会回到它们的出生地,自由而奔放地活着。菲奥跟随妈妈学习,六岁那年第一次帮助一匹狼恢复了野性。从那时起,她的成长就紧紧地和狼牵系在一起了。

她拥有三匹狼——大白、黑子和灰灰。这是她最好的朋友,也是她最大的财富。她从来不记得自己有不喜欢狼的时候,妈妈告诉她,她还不会说话时,就会像狼那样嗥叫了。在菲奥看来,狼是世界上最勇敢的生灵,她甚至愿意为了它们付出自己的生命。

菲奥真希望可以永远和妈妈、狼群这样生活下去,但有一天,一名暴虐而专横的将军因为想要摧毁一切让他恐惧的东西,带着两个士兵强行闯入了她家,并在她们勇敢反抗时,放火烧了她家,还带走了她的妈妈。

对于一个孩子来说,失去家就等于失去了全世界,那一刻,菲奥的悲伤压倒了一切。但当狼群的嗥叫声穿越雪原时,她意识到自己并不是一无所有,至少她还有这片广袤的土地和三匹勇敢的狼,以及一个甘愿和她一起冒险的朋友伊利亚。

就这样,她和伊利亚骑在狼背上,勇敢地出发了。她要救回妈妈,要让生活回归到原来的样子。她害怕吗?我想是的,当会冻死人的暴风雪来袭时,当半路一再遭到士兵的围堵时,当一匹狼因为保护她而死亡时,她都害怕得要命。但当她看到伊利亚冻得嘴唇发紫却一声不吭,看到狼群从不后退,她又咬紧牙关,向前方飞奔而去。她知道妈妈在等她,妈妈会为她这么勇敢而感到骄傲的。

作者凯瑟琳·朗德尔笔下的女孩是那么勇敢、自由和奔放,她们就像是另一个她,让她看到童年的自己。凯瑟琳直言不讳地说,菲奥跟自己最相像:有一点儿执拗,容易觉得难为情,但内心充满希望,更重要的是,她们都不觉得自己勇敢,但每当恐惧来临时,她们都选择咬紧牙关面对,而不是慌张地逃避。

勇敢是一种选择,而不是本能。当心中充满爱和希望时,相信每个人都会义无反顾地前行。菲奥骑着狼穿越茫茫雪原,用爱战胜了所有恐惧,最终学会了像狼那样勇敢,收获了珍贵的成长。经历过这一场冒险后,她不仅成了一名优秀的驯狼人,而且驯化了自己——更接近自己的本心,勇敢追求自己渴望的世界。

目录
Contents

引子　001

第 一 章　散发狼味的红斗篷　　004
第 二 章　比黑夜还黑的狼　　020
第 三 章　奔跑是一种奇观　　028
第 四 章　狼崽的生命刚刚开始　　039
第 五 章　整个世界停住了　　057
第 六 章　向北方疾驰而去　　073
第 七 章　最原始的森林　　086
第 八 章　暴风雪呼啸而来　　100
第 九 章　我们可以改变全世界　　134
第 十 章　特殊的美妙经历　　144
第十一章　树林和风唱着无言的歌　　169
第十二章　狼用牙齿拥抱　　197
第十三章　一切都在眼睛里　　210
第十四章　熊熊燃烧的烈火　　233
第十五章　风中传来的呼唤　　255

致谢　276

献给我的祖母波林·布兰查德-西姆斯

她的天赋和勇气无人能及

引 子

现如今驯狼人几乎已经销声匿迹了。

驯狼人与驯狮人、马戏团演员不同,驯狼人可以一辈子不去关注金光闪闪的演出服。他们看上去多少有些像普通人,不过还是有迹可循——有一多半的驯狼人会少一根手指,一只耳垂,或者一两根脚趾;他们用烂了干净的绷带就像别人磨破了袜子一样稀松平常;他们身上有一股淡淡的生肉味。

在俄罗斯的西部旷野中活跃着一伙又一伙买卖狼的

生意人，他们捕猎新生的狼崽。在狼崽还湿漉漉、眼睛看不见的时候，这些狼贩子就把狼崽从母狼身边夺走，用小箱子将狼崽运走，把它们出售给住在圣彼得堡豪宅里上流社会的男男女女。一只狼崽可以卖到一千卢布，纯白色狼崽的售价则会翻倍。据说家里养匹狼能为主人带来好运——名利自不必说，而且男孩鼻子上不长雀斑，女孩脸上不长粉刺。彼得大帝就豢养了七匹狼，全都白如朗月。

被捕获的狼会系上金色的锁链，经过调教后，就算有人在它们身边说说笑笑、喝酒喧嚣，甚至吸雪茄时把烟喷到它们的眼睛里，它们依然能够安安静静地坐在那里。人们用鱼子酱喂养它们，而它们却觉得这种食物很恶心。有的狼长得过于肥胖，当它们摇摇摆摆地在楼梯上跑上跑下的时候，肚皮上的毛就会拖在地上，吸附上绒毛和灰烬。

然而，驯狼不能像驯狗那样，把它们关在室内。就像小孩子一样，狼天生就不能平平静静地生活。在被囚禁时，它们总是会变得极其愤怒，早晚会张口咬人，令人猝不及防地丢掉身上一块肉。那么问题来了：应该拿这些狼怎么办？

俄罗斯的贵族们相信杀死狼会给自己招来一种独特的厄运。可不是那种充满刺激的厄运,诸如火车脱轨或丢失巨额财富,而是某种黑暗而隐伏的东西。人们都说一旦你杀了一匹狼,你的生命就会渐渐消亡。在你的孩子长大成人的那一天,战争就会爆发。你的脚趾甲开始向内生长,牙齿向外翻出,到了夜里你的牙龈开始流血,鲜血会染红你的枕头。所以,你绝不能用武器将狼打死,也不能把它活活饿死,你只能叫忐忑不安的管家把它包得好像一个包裹,然后送到驯狼人那里去。

驯狼人将教狼如何恢复勇气,如何捕猎和搏斗,以及如何对人类保持怀疑。驯狼人还会教它们如何嗥叫,狼不会嗥叫就等于人不会放声大笑。最终狼会被放归到它们的出生地,那片土地就如同它们自己一样既冷酷无情,又生机勃勃。

第一章 散发狼味的红斗篷

从前,也就是一百年前,有一个皮肤黝黑、风风火火的女孩。

这个女孩是俄罗斯人,她的头发和眼睛,还有手指甲自打生下来起就一直黑黝黝的,但只有在她认为绝对必要时她才会变得风风火火。只是这样的情况频频出现。

女孩名叫菲奥多拉。

菲奥住在用原木搭建的木房子里,木料就来自周围的森林。木屋的外墙上覆有羊毛,用以抵御俄罗斯冬天的严寒;

屋子里点着风灯，菲奥把颜料盒里的每一种颜料都涂在了风灯上，这样一来屋里的灯光就把森林染成了红色、绿色和黄色。房子的门是菲奥的母亲亲手砍凿、打磨而成的，木板有八英寸厚。菲奥给门涂上了积雪才有的那种蓝色。经年累月，一匹又一匹狼在门上留下了越来越多的爪印，这些爪印帮她们母女俩打发掉了很多不受欢迎的到访者。

本书所讲的一切统统始于有人敲响了那扇雪蓝色的门。

不过菲奥觉得对于眼下这种特殊的声响来说，"敲门"这种说法并不准确。这个声音听上去就像是有人试图用自己的指关节在木头上凿出一个洞。

但话又说回来，任何一种方式的敲门都很不寻常。因为没人会敲门，家里只有菲奥母女俩和狼。狼不会敲门。它们要是想进屋的话，就从窗户跳进来，无论窗户是否开着。

菲奥放下了正在上油的滑雪板，仔细地听了听。天还早，她还穿着睡衣。菲奥没有起床后穿的晨衣，于是她把妈妈织的套头衫套在了身上，套头衫长及她膝盖上的伤疤处。她跑向前门。

母亲裹着一条熊皮做的长袍在客厅里生火，她抬起头，将目光从炉火挪到了菲奥的身上。

"我去开门！"菲奥用双手使劲儿拉门。门太紧了，冰把合页给冻住了。

母亲伸手要抓住她——"等一等！菲奥！"

可是菲奥已经把门拉开了。她还没来得及朝后蹦回来，门啪的一声就被推开了，碰到了她的脑袋。

"哎哟！"菲奥打了个趔趄，一屁股坐在了自己的脚脖子上。她嘟囔了一句。听到她的话后，粗鲁地从她身边蹭过去的陌生人扬了扬眉毛，撇了撇嘴。

这个男人长着一张棱角坚硬的脸：高高翘起的鼻子，冒着怒火的部位爬满了深深的皱纹，即便在黑暗中这些皱纹也还是能落下阴影。

"玛丽娜·彼得罗芙娜在哪儿？"他穿过门道继续往里走，在身后留下了一行雪迹。

菲奥跪起身，又坐了回去，因为又有两个穿着灰色外套和黑色靴子的男人蹬蹬地从她身旁走了过去，差点儿就踩到她的手指了。"让开，姑娘。"他们两个人一前一后地抬着一只小驼鹿，驼鹿被倒吊着，已经死了，还淌着血。

"等一下！"菲奥说。这两个男人都戴着沙皇帝国军团配发的毛茸茸的高帽子，脸上都挂着一副官气十足的表情。

菲奥追了上去。她的胳膊肘和膝盖都做好了搏斗的准备。

这两个士兵把驼鹿撂在了地垫上。客厅很小，两个年轻人都是大块头，都留着八字胡，他们的胡子似乎都要把客厅占满了。

凑近看，他俩其实顶多也就十六岁的样子，而用拳头砸门的那个男人上了年纪，浑身上下最衰老的就是那双眼睛。菲奥的心顶在了喉咙上。

老头隔着菲奥同她的母亲说起了话："玛丽娜·彼得罗维奇吗？我是拉科夫将军。"

"您想干什么？"玛丽娜背靠在墙上。

"我是沙皇帝国军团的司令，圣彼得堡以南方圆几千英里都归我管。我上你这儿来是因为你的狼干的好事。"说完他踹了一脚驼鹿，血横流过他那只擦得锃亮的靴子。

"我的狼？"菲奥母亲的神色镇定自若，但是她的眼神既不平静，也不高兴，"我没有狼。"

"你把它们带到了这里。"拉科夫说。他的眼睛里透着一股寒意，你不会想到活物的眼睛会出现这样的寒意。"这样一来它们就归你管了。"他的舌头被烟草熏成了黄色。

"不对。不对,您说得都不对。别人玩腻了这些狼,就把它们送到这儿来了,就是那些贵族、有钱人。我们恢复它们的野性,仅此而已。而且,狼是不可能归谁所有的。"菲奥的母亲说。

"夫人,撒谎对你可没有什么好处。"

"我没有——"

"我看见跟你孩子在一起的那三匹狼了。它们也不是你的?"

"不是,当然不是!它们是……"菲奥开口了,可是母亲拼命地摇了摇头,还打着手势示意菲奥不要吭声。菲奥咬住了自己的头发,把两只拳头夹在腋窝下,做好了准备。

母亲说:"它们属于她,就像我属于她、她属于我一样,仅此而已。它们是菲奥的伙伴,不是她的宠物。以那样的方式咬死其他动物可不是黑子、大白和灰灰的做派。"

"没错。下颌上的印子,"菲奥说,"是一匹体型小很多的狼留下的。"

"你搞错了,不要以为我上这儿来是来听你辩解的。"拉科夫说,他官腔少了很多,嗓音高了上去,几乎要失控了。

菲奥拼命保持着平稳的呼吸。她看到那两个年轻人死死地盯着她的母亲，其中一个人张大了嘴巴。玛丽娜的肩膀、脊背和臀部都很宽大，有一身通常只有在男人身上才见得到的肌肉，但在菲奥看来只有在狼的身上才见得到那样的肌肉。至于她的脸，一位到访者曾经说过，她的脸就是照着雪豹和圣人的模子翻刻的。那个人说："她的容貌就是'女神，修饰过的女神'。"当时菲奥装作并不以此为傲。

拉科夫对菲奥母亲的美貌似乎毫不动容。"我被派来为沙皇拿回赔偿，我要拿到赔偿，立即拿到。别跟我耍花招。你欠了沙皇一百卢布。"

"我没有一百卢布。"

拉科夫一拳砸在墙上。他强悍得令人惊讶，可是他看上去那么年迈、干瘪。木墙为之震动。"臭婆娘！我没兴趣听你的抗议和辩解。我被派来这里就是要让这个鸟不拉屎的鬼地方臣服于沙皇，听从沙皇的命令。"他向下瞟了一眼染着鲜血的鞋，"办成了，沙皇有赏。"说完他毫无预兆地狠狠踹了驼鹿一脚，驼鹿的腿被踹得甩了起来，菲奥惊恐得倒抽了一口凉气。

"你！"他朝菲奥一步跨了过来，俯下身子，直到他那张青筋暴露、跟纸一样薄的脸距离她的脸只有几英寸。"要是我有一个跟你一样傲慢无礼死盯着别人的孩子,她肯定会挨揍的。坐到一边儿去,不要让我看见你。"他揉了菲奥一把,挂在他脖子上的项链勾住了她的头发。他恶狠狠地把项链扯了回去,然后走出客厅的门,回到了门道。两个士兵跟在他的身后。玛丽娜示意菲奥就待在原处——平时她给狼打的就是这样的手势——自己追了上去。

菲奥站在客厅门口,等着耳朵里的嗡嗡声渐渐消失。突然她听到一声喊叫,有什么东西被打碎了。她穿着袜子跑了进去,在门道里打了滑。

母亲不在那里,两个士兵挤在菲奥的卧室里,房间里充满了他们的臭味。菲奥退出了房间,心想那股臭味是烟味、一整年的汗臭和没有洗过的胡子散发出来的。其中一个士兵长着一张地包天的嘴巴,嘴巴都快咬到自己的鼻子了。

"没什么值钱的东西。"一个士兵说。他的眼睛瞟过用麋鹿皮做的床单和风灯,最后落在了那副靠在壁炉上的滑雪板上。菲奥跑过去挡在了它们的前面。

"这是我的!"菲奥说,"它们跟沙皇没关系。是我自己做的。"每支滑雪板她都花了整整一个月的时间才做好,每天晚上她都削木板,再用油脂把木板擦得光溜溜的。菲奥一手抓着一支滑雪板,抓得紧紧的,就好像抓着梭镖一样。她真希望自己眼睛里的怒火不那么明显。
"离我远点儿。"

拉科夫不怀好意地笑了笑。他抓起菲奥的灯,在晨曦中把它高高地举了起来。菲奥伸手去抢。

"等等!"玛丽娜站在门口,她的脸上出现了一片刚才没有的淤青,"你们看不出这是我女儿的房间吗?"

两个年轻人哈哈大笑了起来。拉科夫没有笑,他瞪着他们,直到他们涨红了脸,不再出声。他走到菲奥母亲的跟前,仔仔细细打量着她脸上的伤痕。他向前凑过身子,鼻尖都要蹭到玛丽娜的皮肤了。他闻了闻。玛丽娜一动不动地站着,嘴唇咬得紧紧的。他咕哝了一声,把灯抛向了天花板。

"可恶!"菲奥大叫一声,并缩回身子。碎玻璃像雨水一样纷纷落在她的肩膀上。她一头撞向了拉科夫,胡乱挥舞着手里的滑雪板。"滚出去!滚出去!"菲奥说。

拉科夫哈哈大笑了起来,他一把抓住滑雪板,将它们从菲奥的手里抢了过去。"趁我还没有恼火的时候给我坐下,乖一点儿,孩子。"

"滚出去!"菲奥说。

"坐下!否则你就会落得跟那只驼鹿一样的下场。"

玛丽娜似乎被激活了:"什么?你的脑子进水了吗?竟然敢吓唬我的孩子?"

"你们俩真让我恶心。"拉科夫摇了摇头,"跟那些畜生一起过日子真令人作呕。狼是长着牙齿的害虫。"

"你说得……"开口之前母亲的脸上已经写满了对拉科夫的各种诅咒,"不对。"

"跟那些狼在一起的时候你的孩子也成了一个祸害。我听说过你们俩的事情——你不配当母亲。"

玛丽娜发出一声令菲奥感到心痛的声音,那声音半是喘息,半是嘘声。

拉科夫继续说着:"有一些学校,就在符拉迪沃斯托克[1],在那儿她可以学到一位更优秀的母亲——俄国母亲[2]所具有的美德。也许我会把她送到那儿去。"

"菲奥。去厨房里等着。马上,快。"玛丽娜说。菲奥立即冲了出去,绕过门的时候她站住了,犹犹豫豫地透过

---

[1] 即海参崴。(本书若无特殊说明,皆为译者注)
[2] 是俄罗斯民族对祖国的昵称,类似于美国人民用"山姆大叔"代指自己的祖国。

门上合页的缝隙偷偷地看着。母亲的脸扭向拉科夫,脸上闪耀着怒火和其他更复杂的情绪。

"菲奥是我的孩子。看在上帝的分上,你难道不知道这意味着什么吗?"玛丽娜怀疑地摇着头,"她比得上一军团你这样的人。要是你一心找死的话,那就尽管轻视我对她的爱吧。父母对孩子的爱——这种爱能燃起熊熊大火。"

"你可真啰唆啊。"拉科夫用一只手摸着自己的下巴,"你想说什么?有话快说。"他把靴子在床上蹭了蹭,"你开始变得讨厌了。"

"我想说的是不要碰我的女儿,要是你还想让你那两只手待在胳膊上的话。"

拉科夫哼了一声。"这可不太像女人说的话。"

"大错特错。在我看来这种话就很像女人说的。"

拉科夫盯着玛丽娜的手指——两根手指已经没有了指尖,又看向她的脸。拉科夫的神情令人恐惧,有点儿失控的样子。玛丽娜也死死地盯着拉科夫。拉科夫先眨了眼睛。

他一边嘟囔着,一边大步流星地走出了门。菲奥转过身子,让开了路,然后又跟在他身后跑进了厨房。

"你这是在自找麻烦。"拉科夫说。他面无表情地抓住餐桌,一把掀翻了它。菲奥心爱的水杯掉在地上摔碎了。

"妈妈!"菲奥喊道。玛丽娜昂首走进厨房,菲奥一把抓住母亲的外衣,抓得紧紧的。

拉科夫甚至没有朝玛丽娜的方向瞟上一眼。"把画带走。"他说。菲奥家里有三幅画,每一幅画上都是拼成男人和女人形状的用色大胆的色块。玛丽娜非常喜欢那几幅画。菲奥就顺着母亲,让她挂。

"等一下,别拿走!"她说,"那是妈妈的马列维奇[1]。是礼物!等一下!给你!我有这个!"菲奥摘下脖子上的金项链,把项链递给一个年轻的士兵。"是金的。以前是妈妈的,后来成了我的,所以是老货。金子越老越值钱。"那个士兵咬了咬项链,又闻了闻,然后点了点头,把项链递给了拉科夫。

菲奥跑过去拉开大门。她站在门边,雪吹了进来,在她的袜子上落了一层。她浑身哆嗦起来。"好了,你们得走了。"

玛丽娜闭上双眼,片刻后又睁开了。她冲着菲奥笑了。两个士兵无聊地朝地上啐了一口,径直走进了风雪中。

---

[1] 卡西米尔·塞文洛维奇·马列维奇(1878—1935年),俄罗斯画家,至上主义艺术奠基人,作品以色块的运用著称。

"这次只是给你的一个警告。"拉科夫说,他没有理会敞开的门和夹杂着雪花的风,"这是沙皇的命令。沙皇不会任由他的动物被你教会捕猎的狼杀害。从现在起,要是城里的人再给你送狼来,你就开枪把狼打死。"

"不行!我们办不到!反正我们也没有枪!妈妈,你跟他说啊!"菲奥说。

拉科夫没有理睬菲奥。"给那些把自己可笑的宠物送到你这儿来的迷信的白痴捎个口信,告诉他们你已经把狼都放了,接下来你就会把它们都打死。"

"我不会这么做的。"玛丽娜说。她的脸上没有了一点儿血色。这让菲奥感到五脏六腑都在隐隐作痛,她真希望门口的那个男人能永远消失。

拉科夫耸了耸肩,他的外套随之皱了起来。"你知道违抗沙皇命令的人会受到怎样的惩罚吗?你还记得圣彼得堡的叛乱分子落得怎样的下场吗?这只是对你的警告。"他朝前门走去,经过菲奥的时候他伸出戴着手套的手,用一根指头戳着菲奥的心脏,"你也一样,姑娘。"说完他又狠狠地在她的锁骨上戳了一下。菲奥朝后跳了一步。

"要是看到这个孩子跟狼在一起,我们就把狼打死,把她带走。"

拉科夫狠狠地把门在身后摔上了。

🐾🐾

当天晚些时候,菲奥和母亲坐在火炉旁。她们清理掉地上的玻璃碴儿和碎瓷片,还用冰块把驼鹿包了起来,放在柴棚里。菲奥原本想把驼鹿妥善地埋掉,为它举办一场葬礼,可是母亲不同意,如果冬天继续冷下去的话,或许她们就需要吃掉它。菲奥把脑袋靠在母亲的肩头。

"妈妈,现在咱们该怎么办?"她问道,"他们说咱们必须把狼杀掉。咱们不会的,对不对?我不会让你这么做的。"

"不会的,宝贝儿!"玛丽娜的手臂搂住了菲奥,在那条手臂上,伤疤和肌肉纵横交错。"当然不会,只是咱们得小点儿声,还得警觉一点儿了。"她哗啦哗啦地拨拉着烤在炉栅上的栗子,把一个栗子拨进了菲奥的手心里。"狼就是这样做的。咱们也能做到。难道咱们做不到吗?"

当天晚上套上滑雪板的时候,菲奥心想,她们当然能做到。就整体而言,人类对于菲奥来说可有可无。她真正爱的人只有一个——这个人带着那种让人麻烦缠身或者留名青史的极度骄傲。她觉得自己的母亲无所不能。

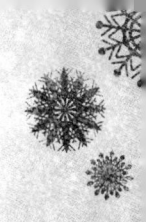

菲奥滑了十分钟才滑到已经变成废墟的石砌建筑里。这座建筑的门厅里有三尊残破的塑像，它们的头部都不见了，其中两尊的身上还长出了一层鳞片似的苔藓。尽管失去头部，这几尊塑像仍然显示出一副对自己的遭遇毫不动容的样子。这座建筑只剩下两面半的墙壁还矗立着，屋顶早就化成了粉末，落在马赛克镶嵌的地板上。台下的长椅都还在，不过已经被蠹虫啃噬掉大半。里面还有一座大理石小雕像，之前菲奥用嚼过的树枝头把它擦拭干净了。要是光线角度正好的话，仔细看，你就会看到墙壁上曾经描绘着金色的人像。菲奥觉得这里是世上最美丽的地方。

这里住着三匹狼。

一匹是白色的，一匹是黑色的，还有一匹基本上是浅灰色的，只是长了一双黑色的耳朵，还有一张政客的脸。这三匹狼算不上驯服，你呼唤它们的时候，它们绝对不会过去，不过它们也算不上野性十足。邻居们都说菲奥的身上也带着一股子野性，一看到她那件散发着狼味的红斗篷，他们就感到恐惧。可以说，菲奥和她的狼会成为最要好的朋友，因为他们互相迁就了对方。

当菲奥踩着滑雪板滑进大门的时候，三匹狼正在嚼两只大乌鸦的残骸，血点溅落在大理石小雕像上。菲奥没有靠近它们,因为狼在进餐的时候最好不要打扰它们,哪怕你是它们最亲密的朋友。菲奥等待着,她将两只脚搭在一条长椅上,就这样一直等到三匹狼吃完东西。它们不慌不忙地舔了舔自己的鼻子和前爪,然后一起冲到菲奥跟前,把她撞下长椅,在她的下巴和双手上舔满了唾液。菲奥和黑子在长椅之间追来追去地玩了一会儿,为了保持平衡,她绕着无头塑像转来转去。她感到这一天聚在心里的阴霾消散掉一些了。

菲奥不记得自己有不了解、不喜欢狼的时候。怎么可能不爱它们呢？它们那么精干，那么漂亮，那么坚定。摘下粘在它们毛皮里的松针，剔掉在它们的牙缝里塞了很久的肉屑，菲奥就在这样的生活中渐渐长大了。母亲常说她还不会走路的时候就会嗥叫了。狼的存在对菲奥是有意义的，她觉得狼是世上为数不多的值得她为之付出生命的东西。不过，似乎没有人会要她这么做，毕竟狼总的来说处在等式的另一端。

第二章　比黑夜还黑的狼

拉科夫发出警告两个星期后，又有一匹年轻的狼被送来了。这匹母狼长着一条美丽的尾巴，只是身子胖得超出了狼的正常水平。

通常，当马车来到这座林中小屋的时候，车夫总会眨眨眼睛，朝四下里打量一番，看看有没有身材高大的男子出来把狼解下来。可是所有人看到的都是菲奥和她母亲从屋子里走出来，两个人的身上都带着一股油烟味。玛丽娜三十三岁，头能顶到门梁上。她教会了菲奥在木屋的门框上做引体向上。她的左眼眼眶上有四道爪痕。人们都知道见到她的男人总会有那么片刻忘记了呼吸。

但这天上午菲奥却独自来迎接马车。她抱住还在挣扎的母狼,用胳膊肘推开想要上前帮忙的车夫,把母狼放在了雪地上。她轻轻地抚摸着母狼的脑袋,它就平静了下来。

母狼长着一身黑色的毛皮,菲奥从来没见过这么黑的狼。到了夜晚它应该就隐形了,其实这匹狼比黑夜还黑,因为俄罗斯的夜,尤其是有积雪反射着星光的时候,从来就不是漆黑一片。

"见到你真好。"菲奥对母狼说。她没有理会车夫,自顾自地把脸埋了下去,用自己的鼻子碰着母狼的长鼻子。母狼舔起了她的下颌,它的呼吸中夹杂着唾液和银币的气味,令人感到安慰,可是那条长长的舌头肿胀着,还轻微出了点儿血。

"它把自己给咬了。你赶车送它过来的时候应该更小心一些才是。"说完菲奥把车夫仔细地打量了一番。他身材魁梧,长长的鼻毛和胡子连成了一片,"一路过来你碰见当兵的了吗?"

"什么?我干吗要……"

"要是这样的话就没事了。"菲奥狠狠地摇了摇头,"就当我什么也没说。"她轻轻地解开了母狼身上的绳索，把自己的两只手放在它能看见的地方。它的爪趾太长了，长得已经向内卷进了脚掌上的肉垫。菲奥拿起刀，把母狼的一只爪子稳稳当当地放在自己的膝盖上，开始给它切趾甲。

"你有没有什么能喂它的东西？"菲奥向车夫问道，"它饿了。"

车夫扬了扬眉毛。"没有。它已经够肥了。"

菲奥将母狼的下颌撑开，让它抵在自己的身子上，伸

手摸着母狼的牙齿，用力摁着牙龈。

"你——小姑娘，住手！天啊！"那个男人骂骂咧咧地念叨了一大堆，菲奥饶有兴趣地注意到他的指甲滴着汗，"你想找死吗？你在干什么啊？"

"我在检查它的牙龈有没有烂。"完好无损。菲奥把母狼放开，又在它的前腿下面抓了抓。母狼立刻就侧躺了下来，开心地呜咽着。

车夫仍旧一脸的恐惧，几乎要发火了。"不是该用一截绳子把那东西的嘴巴给套住吗？"他盯着菲奥，盯着她的眼睛，还有她的耳垂——六岁那年，菲奥的耳垂被狼无意中一爪子撕成了两瓣。菲奥甩了一下脑袋，把蒙在眼前的头发甩开，挖苦地看了车夫一眼。至少她试图如此。她只在书里读到过，其实自己并不十分清楚究竟应该怎么做。她猜想要想摆出挖苦的神情，鼻孔也应该做很多工作。

"狼不用套绳子。它们跟狗不一样。"菲奥觉得狼身上的火气更大，脾气更不稳定，这一点很难解释得清楚。她咬着嘴唇，琢磨着怎样才能说得更明白一些，不过最终她还是摇了摇头。其他人太难相处了。"你可以离开了，如果你想的话——如果我是你，我就会立即离开。"

玛丽娜从屋子里走了出来，她的辫子只编了一半，刚好看到马车渐渐走远了。

"他不想喝点儿什么吗?"玛丽娜问。

"不想。"菲奥说,她冲母亲咧嘴笑了笑,"其实他似乎不太想待在这里。"

"那也好。来吧,快点儿,咱们把它弄到树林里去,不要让别人看见。"

"你觉得他们在监视着咱们?"菲奥朝四周的雪地看了看。

"有可能,宝贝儿。我觉得他们不是虚张声势。根据我的经验,虚张声势的话,他们就不会砸坏那么多东西。"

母狼极其痛苦地慢慢走向树林,一边走一边短促地叫唤着,仿佛对寒冷的环境很陌生。

玛丽娜掸掉了菲奥头发上的雪。"咱们得谈一谈接下来可能发生的事情。"

"呃——咳。"母狼咳嗽了起来。菲奥把两根手指放在母狼的喉咙上,轻轻地捏了捏。"你觉得它做了什么?他们为什么要把它送走?"

"他们说它钻进了伯爵夫人的衣橱,把她的裙子咬烂了。不过你在听我说吗?"

"就这些?它没有咬人?在听,对不起,我在听!"

菲奥想到了自己的那几匹狼。灰灰把登门拜访的一个税务官的大拇指咬掉了；大白在公爵夫人正试图为宾客们跳舞的时候，在她的大腿上抓出了一个一英寸深的伤口；黑子吃掉了三个脚指头，确切地说是一位英国贵族的脚指头。菲奥心想自己的这三匹狼真是又漂亮又邪恶。

"要是拉科夫的人在监视咱们，你就不能让别人在光天化日之下看到你跟狼待在一起。"

"当然了。你已经说过了，妈妈！我还问了车夫有没有见到当兵的，他说没有看到。"

"你干了什么？"玛丽娜看起来非常吃惊，"亲爱的，你不能跟任何人提起士兵的事情。让陌生人知道你在害怕什么可不是明智之举。"

"噢。"菲奥的心头突然一紧，还有些发烫，"对不起。我不知道这些。"

"是我的失误。我应该提醒你的。"玛丽娜两手拢了拢头发，"我在设想一个逃跑的计划。以防万一。"

母狼把鼻子的一侧贴在菲奥的膝盖上，咳嗽着。"妈妈，它把裙子咽下去了吗？要是布料还嵌在牙缝里的话，它会疼的。"

"菲奥，别管……"

"妈妈，看。"菲奥撑开了母狼的下颌，仔仔细细地在它的嘴巴里面摸着。她的手上沾满了母狼的唾液。在它的口腔深处，一块碎布头卡在后牙之间。菲奥使劲儿扯着布头。一块红丝绒，上面还带着一颗米珠，是原先的绣花部分残留下来的小珍珠。

"出来啦！而且他们拴它的绳子也太细了。"菲奥说，她举起母狼的爪子让母亲看，"看！有血，就这儿，看到了吗？它的爪子真娇嫩。"她亲了亲母狼的耳朵，"我们应该管你叫'嫩脚'。"

"给你，我这儿有一点儿药膏。"玛丽娜弯下腰，轻轻地在母狼的爪子上抹了一些淡褐色的糊糊。她的手比绝大多数人的手都要敏捷，母狼在她的手里放松了下来。"可是，菲奥，你明白吗？你得收拾好背包——吃的、干衣服、一把刀、绳子——就把背包放在后门那里，以防万一。"

菲奥的注意力终于从嫩脚身上挪开了。"可是，妈妈，以防什么？"

"以防拉科夫回来抓咱们。"

"可是他不会的！他会吗？我的意思是——他已经上了年纪。"菲奥竭力想要摆脱烙在脑海中的那一幕——那张被熏黄的脸上直勾勾地盯着她的双眼。"上了年纪的人只喜欢坐下来，喜欢把耳毛留得长长的，还有……喝汤。"菲奥没有见过多少老人，"他只顾得上这些事情。"

玛丽娜笑了笑，可是笑得有些勉强。"宝贝儿，时刻保持警惕吧。如果你想去看狼的话，就待在那个废墟建筑里，或者房子背后。咱们要尽快让这匹母狼恢复野性，然后把它放归到西面的树林去，就在那个腰子形的湖旁边，这样它就不会在无意中走到拉科夫的地盘上去。"

"可是那片树林不容易捕到猎物！它会饿死的！"

"如果咱们教会它捉鸟的话，它就不会饿死了。况且，狼自有生存之道。狼可是动物王国里的巫师。"

第三章　奔跑是一种奇观

从十岁起菲奥就开始独自驯狼了,可是她从来用不着偷偷摸摸的,无需高度紧张。帮助狼恢复野性的工作最好一个人完成,所以当初玛丽娜离开她去十英里外照顾一只生病的狗——在俄罗斯,驯狼人大多还要兼任兽医。可是在离去的时候,玛丽娜的脸上露出了不太放心的神色。

"亲爱的,你的刀要锋利,你的眼睛要敏锐。记住这句话。"她说。

现在,菲奥蹲在嫩脚面前的雪地上。严寒刺骨,她和嫩脚呼出的气在他们的脑袋周围凝成了一团云。"你准备好了吗？"她问道。

她了解狼恢复野性的过程，从四岁开始每天睡觉前，她都要背诵一遍这个过程。"第一步，弄清楚狼来自什么样的环境。"她轻轻地自言自语着。在送来的狼里，有些狼性情狂躁，用不了多少日子就恢复了野性，而有些狼很胆小，很紧张，几乎连走路都很困难。

"坐。"菲奥对嫩脚说。嫩脚就小心翼翼地坐了下来，四只脚就像一张摆好的餐桌那样摆放得整整齐齐。

"下。躺下。"嫩脚躺在了雪地上，但是它的视线没有离开菲奥。

"爪子？"菲奥问道。

嫩脚坐了起来，优雅礼貌地舔了舔自己的爪子，然后就把爪子伸给了菲奥。菲奥没有握住那只爪子。

"作揖？"

嫩脚抽搐了一下，随即又迟疑了。它的眼睛里流露出反抗的目光。菲奥做了一个鬼脸，竭力憋出贵族的腔调："作揖！"

嫩脚立即直起身，坐在后腿上，伸长舌头，那副样子活像是公爵夫人发现床底下有一只死耗子。

菲奥苦笑了起来。"没错,我就知道。"上流社会的人们圈养的狼都掌握了作揖、伸出一只爪子、一动不动地躺着这些本事。它们还经常抬起前腿,用两条后腿跳舞,面无表情。这种事情令菲奥难过得想哭。

"我们曾经驯过一匹棕色的头狼——有些黄褐色——它能用鼻子扯动来复枪的扳机。教它做这种事情太荒唐了,好像狼真的需要枪似的。"她对嫩脚说。

通常菲奥总是要试试看新来的狼会不会嗥叫,不过这一次她觉得这样无异于给拉科夫发去请柬。"如果可以的话,咱们得小点儿声。"她把嫩脚带到了一棵树的跟前,说道,"现在先坐下。"

菲奥也在没过脚踝的雪地里坐了下来。她的斗篷表面是油性材质,多少能抵挡住一些寒气。斗篷是别人穿过的,很长,不过母亲用别针别住了下摆,菲奥跑起来的时候,斗篷就在她的脚踝周围上下翻飞着。

"真希望他们没有教过你作揖。这……"菲奥有些犹豫,这就像是让神给你擦皮鞋一样,"这种事情让我想咬人。蠢货。"她看着嫩脚的耳朵内侧,"愚蠢的有钱人。"

他们的身后传来雪落下的声音。菲奥猛地转过身子。

"是谁?"她喊道,"谁在那儿?"接着她又说:"我看见你了！出来吧！"

没有人吭声。

"要是你在监视我的话，你得明白我可带着刀呢，还有一匹愤怒的狼。"嫩脚把鼻子拱进了菲奥的腋窝里，发出一阵呜咽声。

"它可比看上去凶残多了。"菲奥冲着一片寂静喊道。

一棵树把枝干上的积雪抖落到了地上，一只跟菲奥的脑袋一般大的乌鸦从枝丫上飞了起来。菲奥屏住了呼吸，但随后就再也没有动静了。菲奥站起身，打量着四周，想要看看地上有没有脚印。雪被风吹得直打转，不过她还是看得见地上没有任何痕迹。她又蹲了下来，这时她的心跳得有点儿快。

"蠢货。"菲奥又说了一遍。嫩脚的颈毛竖了起来，菲奥捋平了它的毛。"我想咱们没事。嗯，宝贝儿。我可不会让任何人伤害你。"

她把嫩脚拉到了自己的脚边。"来啊，咱们去找一棵好树。我要让你见识一下狼是怎么做窝的。"

菲奥带着嫩脚来到林木最密实的地方，动手堆起了雪堆。她一边忙着手里的活，一边给嫩脚讲它新家一带的环境。

菲奥所处的这一片俄罗斯土地基本上是一个被世人忽略的地方。这里的山顶吸收着寒气，积雪比方圆一百英里内的任何地方都更厚、更结实。站在最高的一座山上朝北方望去，你会看到树林、山峦，还有石砌的兵营。以前那些士兵只是一群无害的酒鬼，他们被送到乡下，以免妨碍别人，但自从拉科夫来了以后，菲奥就开始听到风中传来的吵吵嚷嚷的军令声。有时候，夜里还会传来尖叫声。灰色的兵营后面是一马平川的郊野、白雪覆盖的田地和树木，更远处与云朵连成一片的是圣彼得堡的烟雾。

"瞧见了吗？"菲奥对嫩脚说，"南边就只有一望无际的雪。听着，要是你眯起眼睛，"她用手遮在嫩脚的眼睛上方，"除了雪还是雪。"

菲奥非常喜欢这个地方。木屋周围的大地充满了生命的律动和光芒。她见过人们路过她的树林，为白色世界的单调感到悲哀，但那些人只是太无知了，他们根本不晓得如何正确地理解世界。雪花说着闲话，暗示着暴风雪和鸟儿的到来，每天清晨都会讲一个新的故事。菲奥咧嘴笑了，嗅了嗅冰冷的空气。"现在是这个地方最健谈的时候了。"她对嫩脚说。

当然，她的世界并非十全十美。附近几座农场里的不多的几个孩子，要么比她大很多，几乎快要成年了，嘴边已经冒出了胡楂，要么就太小了，她和狼一靠近，这些孩子就会哭喊起来，莫名其妙地吐一场。菲奥喜欢几个大孩子的相貌，可是当她想加入他们的时候，他们总是大笑起来，说她只是一个小屁孩，身上还带着一股子狼味儿。

菲奥发现自己在陌生人身边很难表现正常。有时候她过于沉默，但当她希望自己风趣一些时又表现得很粗鲁。几个星期或者几个月过后，她说过的一些话又会传回到她的耳朵里，听到那些话时她真恨不得一头扎进雪地里，好给自己的脸降降温。至于大人，根据菲奥的经验，他们在碰到她的时候总是会有些退缩。母亲说或许——其实八九不离十——是因为她会直勾勾地盯着他们。可是狼也会盯着人看，也没见谁斥责它们。

有狼就足够了。它们好得不能再好了。每当母亲担心菲奥或许过于孤单的时候，菲奥就会指出，严格来说，在她训练的三匹狼中有两匹都是跟她同龄的母狼。"我知道它们不会说俄语，"菲奥说，"可是这并不意味着我们就无法理解彼此的意思。"

大白是狼群里公认的美女。每当菲奥把脸埋进它的脖子里，就会感到它的毛是那么柔软，摸上去就像被打湿了一样。大白年纪轻轻，魅力四射，在菲奥家经过训练的公狼似乎都对这一点毫无异议。它的鼻子尖得能塞进菲奥的耳朵里。大多数狼生下来的时候眼睛是蓝色的，三个月后就变成了黄色或者金色，而大白的眼睛一直都是蓝盈盈的。

还有灰灰。灰灰比菲奥大几个月，当初为了它，玛丽娜还与一个捕狼的猎人打了一架，那时候灰灰还是一个刚出生的幼崽，刚刚被猎人从母狼的肚子里掏出来。结果玛丽娜的鼻梁被打断了，那个猎人则在医院里躺了一个星期。或许是因为来到世界上的第一天就承受了那么大的压力，灰灰的脾气很大，不容易对付。它的耳朵总是轻轻地抽动着，这表明它是一个不可战胜的斗士。菲奥不害怕灰灰，因为原则上她拒绝害怕任何一种动物，但如果必须说害怕一种动物的话，那她绝对会选择灰灰。

"要想有十足的把握坚信它不会从我身上咬掉我想保住的部位，是一件很难的事情。"菲奥对黑子说。

因为那身美丽的毛皮，黑子曾被人以四千卢布的价格卖掉了。黑子对任何人都毫无爱意，直到它遇到了菲奥。刚来树林里的这座木屋时它胖乎乎的，屁股大得能把门堵得严严实实。现在它已经是一个令人望而生畏的英俊男子了,是人人梦寐以求的伙伴。蹲坐在地上的时候,黑子有两个菲奥那么高,而且根据她的经验,菲奥很清楚它的爪子就跟她的脸一样大,但是它的身手就像闪电一样敏捷。

菲奥觉得看着狼奔跑就是在目睹一种奇观。她对嫩脚说:"一匹真正的狼跑起来就像是长了脚的雷雨在狂奔。这就是你的目标,明白吗?"

菲奥挺直身子,轻轻地抚摸着嫩脚的耳朵。嫩脚有些畏缩,还哀嚎了几声。

"宝贝儿,你看上去就像是不知道上哪儿才能找回自己的牙齿似的。"

很多被送到这座木屋的狼一生下来就被逮住了,身上一直拴着锁链,被送来之前它们最多就是从客厅的这一头跑到那一头。

"现在咱们要去跑一会儿。你知道怎么跑吗?就像走路,只不过比走路的幅度大一点儿。"菲奥说。

嫩脚一脚踏进了一个小坑里,看到雪突然升到了自己的肚皮,它惊慌失措,瘫成了一团烂泥,把脑袋缩在肚子下面。菲奥把手伸进积雪里,摸到嫩脚的肚皮,拽着它站了起来。嫩脚就跟菲奥一样重。

"狼应该勇敢，无所畏惧，凶猛。"菲奥一边说，一边抚摸着嫩脚的耳朵，"你得朝这方面努力才行。"菲奥系紧了滑雪板上的皮绑带，趁着雾水还没有在头发上彻底冻住时擦掉了上面冰冷的水珠，把披散在背上的头发塞进了衬衣里。"跟上我，现在就走！"

菲奥奋力向前滑去，滑下了山坡。树林里的风声让她难以听到嫩脚究竟有没有跟上她，不过出于本能，狼通常都会跌跌撞撞地跟在她后面。菲奥转过身子，发现嫩脚正坐在山顶上凝望着山下，脸上露出一副参加晚宴的神情。

她咬下凝固在嘴唇上的鼻涕，然后吐掉，跺了跺脚，将滑雪板交错在一起，调转方向朝山上走去。

"你知道自己很漂亮，可是你却像地毯一样贴在地上不动，"菲奥说，"来啊！咱们得赶紧试试看！妈妈在为咱们担心呢。"她从口袋里掏出一块骨头，踩着滑雪板，绕着嫩脚滑了一圈。"来啊，嫩脚！"

菲奥来到了山边，向前探出身子，再一次向山下滑去。嫩脚跟了上来，脚步不太流畅，步伐也不够优美，不过至少它已经跑了起来。菲奥与嫩脚慢慢地跑了半英里路后，嫩脚突然停下脚步，转了一圈，倒头就睡着了。

菲奥咧嘴笑了笑，紧紧地攥住嫩脚的下巴，轻轻地摇

了摇它。"醒醒!这里不是睡大觉的地方。不过作为新手,你做得已经很棒了。给你。"她把骨头递到嫩脚的面前。嫩脚伸出粗糙、饥饿的舌头,抵在她的手心里。

嫩脚嚼着骨头,菲奥忽然感到自己的手臂和脖颈上的汗毛都竖了起来,她也不知道自己为什么会产生这样的反应。她把一只手放在母狼的脖子上,另一只手伸到腰里去摸刀子。又出现了——风中飘散着一股气味。"是驼鹿。湿驼鹿。"她大喊了一声。事实上,那股气味是人湿漉漉的衣服散发出来的。菲奥凝视着四周的空地,这里只有雪地和天空,正在浸染上一道道斜斜的粉红色晚霞的雪地和天空。

菲奥直起身子。"快!我得把你藏起来,给你找一个过夜的地方。"

通常,接受恢复野性训练的狼都要睡在树底下,可是妈妈说过自从拉科夫来过之后,一切都变了。

"来啊。"菲奥带着嫩脚回了家,每走两步她就回头瞟一眼,一路上都尽量背对着大树,"快点儿。得让你待在炉子旁边,就今晚一晚。你得努力克制一下自己,不把餐具吃掉。以前我们养过一匹狼,它把所有的叉子都吃下去了,结果害得自己消化不良。"

第四章 狼崽的生命刚刚开始

第二天菲奥有两大发现：一是嫩脚其实并不胖，二是他们的世界并不安全。

菲奥在树林里奔跑着，把一只手搭在嫩脚的脖子上，同时用眼睛搜寻着松鼠。他们看到一只寒鸦满怀希望地在雪地里捅来捅去。

"嫩脚，那就是食物！食物，快去！"

一瞬间很多事情发生了。一看到那只寒鸦，嫩脚就惊恐地叫了一声，它腹部的一侧也随之抽动起来；一个人从树上跳下来,指着菲奥的脑袋,说:"把你的手放在我看得见的地方。"

菲奥猛地停住了脚步。她非常非常缓慢地挪到嫩脚的身前,希望那个男人不会注意到她在移动。

"举起手!"

菲奥把手举了起来。"你是什么人?"一阵陌生的眩晕和恐慌向她袭来。她使劲儿把嫩脚庞大的身躯顶到自己的膝窝后面,让它远离那个男人的视线。

"我是帝国军团的士兵。"

菲奥咽了咽唾沫。恐惧让她的全身都没有了血色,她垂下一只手,抓住了嫩脚的脖子,以免它凑到枪跟前去。"不要动,宝贝儿。别动。"她轻声说。

"两只手!"士兵说。

"要是你杀了它,我就杀了你。"菲奥说。

"真的?"士兵朝前迈了一步,"我可看不出来你能把我怎么样。"

"真的!退回去,我发誓我会咬你的!"士兵站住了,露出一脸的惊愕。菲奥吸了一口气。"要是你再上前一步,我就咬掉你的手指头。"

士兵情不自禁地流露出感兴趣的样子。"当真?"他的脸在好奇心的驱使下扭成了一团，菲奥没想到那张脸竟然那么年轻。

"当然。"菲奥撒谎了。她继续说道："十有八九会的，要是你站着不动的话。"她向前走了过去。士兵没有动。她的两只手都哆嗦个不停，所以她把手藏在了背后。"不过，我是认真的——不要用枪指着我们！"士兵还是一动不动。"妈妈说用枪指着别人是缺乏想象力的表现。"她用胳膊肘指了指嫩脚。"况且我还有一匹狼。"

"我知道。我一直在盯着你俩呢。"士兵从自己的军装上摘下几根松针，拨掉了头发上的雪。菲奥心想他的声音对大人来说太高了，是小男孩的声音。"它不是很凶猛，对吧？"

菲奥惊讶地发现自己竟然会那么恼火。"它已经比昨天强多了！昨天就算它开始打毛衣你都不会感到吃惊。况且……"她提到了自己刚刚才意识到的事情，"它还怀着孩子。你不能杀死怀孕的母狼。对于任何动物来说，在它还没有孕育出新生命前你就不能把它杀死。"

"我不能不杀死它。"男孩搓了搓自己的手臂。他身材高挑，皮肤白皙，并且身上没有了雪的包裹使他看上去更纤细，手上的骨头似乎都要从皮肤里蹿出来。菲奥心想他的声音听上去像是城里人,很柔和。他看起来也不太像士兵。"这很不幸,可是我无能为力。我必须遵守规定。"

"别了,你大可不必。"菲奥冒险继续朝对方走去,"求求你了。真的,你不必遵守规定。"

"如果我不遵守,他们就会惩罚我。"

"好吧,要是你遵守的话,那我就像狼一样把你给撕了。"菲奥的心中充满了恐惧,她的声音听上去也好不了多少。她的一只手一直搭在嫩脚的身上。

男孩摇了摇头。"眼下只有我有枪。一枪就能打死一匹狼。"

这是显而易见的事实,菲奥只能愤怒地看着男孩。"可是,谁会惩罚你?"菲奥觉得自己或许已经知道答案了,"拉科夫将军?"

"别这么大声!"男孩看了看四周,仿佛觉得拉科夫会从一只松鼠身后蹦出来,"没错,就是他。"

"他会做什么?"

"他不会亲自动手,一般都不会。不过,他喜欢看别人动手。"

"哦。"菲奥说。男孩的声音里透着一股极其害怕的气息,菲奥以前从来没有想到寥寥数语竟然容得下那么强烈的恐惧。

"他会叫部下把我们带到他的书房,有一次我流了三天血。"男孩的肩膀抽动了一下,仿佛是要把什么东西抖掉,"听着,我必须把这匹狼杀了。这跟我是否想杀它根本没有关系。你不明白,我们总共有六个人在盯你的梢,即便我不抓你,别人也会的。"

"什么!"菲奥看了看空地四周,空气纹丝不动,"在哪儿?"她心想自己真该多带几把刀。这真是一个愚蠢的错误。

"不在这里。我们每个人之间都隔着二十英里。任何一个训练狼恢复野性的人都会被逮捕,这是拉科夫说的。狼要被打死。这是命令。"

"我没在训练狼。我只是在跟它们玩。"

"你看着就不像只是在玩的人。"就在男孩说话的时候,远处的树枝沙沙地响了几声。男孩大叫一声——叫声短促、尖厉,随即声音就收住了——菲奥看到了黑子的脊背,它在树林中飞奔着,径直朝她跑了过来。

"噢,不要。"菲奥轻轻地骂出了前一天她从车夫那里听到的最难听的一句脏话。

"那是……"

"回去,黑子!"她喊了一声,指着别处,指着废墟建筑,可是狼继续朝前跑着。"黑子,求求你了,回去!他有枪!"

男孩举起手枪。

"别过来!回去!"菲奥说。她不能从嫩脚的身旁走开,不过她朝男孩吐了一口唾液。对方朝后跳了过去,但只退后了一步——跳得不够远。"听着,要是你伤害它,那我就会找到你睡觉的地方,在半夜去找你。"男孩睁大了眼睛。"我会的!我不是在开玩笑。"

黑子突然从树林里蹿了出来,一边跑,一边嗥叫着。男孩大喊一声,菲奥一下扑在嫩脚的肚子上,紧紧地闭上了眼睛。手枪没有开火。菲奥睁开了眼睛,男孩站在原地,一动不动,手哆嗦着。

黑子在雪地上滑行了一段,渐渐收住了脚步,它把脑袋靠在菲奥的大腿上。它一定感觉到了紧张的气氛,感觉到了菲奥皮肤上的颤动,因为它的喉咙里又发出了一声嗥叫。

"噢,天哪!"菲奥说。

"怎么了?"男孩问道。

"它不喜欢你。"

"为什么?"

"因为我不喜欢你。它感觉得到。"

"好啦,不要。"

"要我喜欢你?"

"没错!就现在!马上!"

"这都是你自己引起的!"

"我命令你控制住那匹狼!"

"我办不到!问题就在这里。它有可能会照我说的去做,也有可能不会。它又不是宠物。"最后一个词菲奥是大声喊出来的,黑子又嗥叫了起来,叫声把他们头顶树枝上的积雪都震了下来。

菲奥看到男孩哆嗦得就像整座森林的树叶都在颤抖。"别让它再往前走了!"

"那就把你的枪放下!"菲奥决定冒一次险。她转过身,背对男孩跪在了雪地上。"别叫了,好吗?"她用两只手捧住黑子的脸,往它的鼻孔里吹着温暖的气。"小黑子,咱们没事。今天没必要吃人。"说完她回过头瞟了男孩一眼。

男孩站在那里,两只拳头攥得紧紧的。

"一旦有什么不测,我会告诉你的。"菲奥对黑子说。狼听不懂她在说什么,但是她的声音——轻柔的耳语声——打消了它心中的疑虑,脊背上竖起的毛落了下去。

有人夸张地清了清嗓子。"那么……现在呢?"男孩说。

"现在你发誓绝不把看到我们的事情告诉任何人。"菲奥说,竭力让自己听上去很强硬,好像在怒吼一样,"除非你想在自己的床底下看到一匹狼正在啃你的脚指头。"

"听着,我应该逮捕你。要是他们发现我看到了你而没有逮捕你的话,他们就会……"男孩说。

"会怎样?他们会怎样?"

"老实说,你不会想知道他们会怎么做的。"

"不,我想知道。有点儿吧。"

"你不会想的。人们总是说俄国军队不是靠着恭维话和牛奶建立起来的。我必须逮捕你。好吗?我要动手了,就现在。你准备好了吗?"男孩挺直身子,他比菲奥至少高出了一英尺。

菲奥狠狠地打量着男孩,打量着他站立的姿势、他的眼皮和他的手腕。手腕上的皮肤很能说明问题,能透露出很多信息。"咱俩一般大。"

"不!我已经十三岁了,马上就要满十四岁了。"

"还是没到逮捕人的年纪。"

"我应该把其他人叫来。我有哨子,就在这儿。"他朝自己的外套里面指了指,"我现在就要叫人了。我只能这么做。"他开始手忙脚乱地解外套前胸的金色纽扣。

就在这时,刚才一直蹲坐在地上、在黑子身旁喘着粗气的嫩脚突然吸引了大家的注意力。它侧身栽倒在地上,喉咙里憋出一声短促的嗥叫。

"哦,不!"菲奥的心猛然沉了下去,"嫩脚!"

"出什么事了?"

"安静点儿!"菲奥说,"它得集中精力。"

"怎么了?"

"嘘!"菲奥跪在地上。

"它在接受什么测试吗?"

"它要生了!"菲奥把一只手放在嫩脚抽动的肚皮上,"嘘,宝贝儿。好姑娘。你会没事的,我向你保证。"她又把另一只手放在嫩脚的嘴巴上,查看它的呼吸。呼吸不太平稳。嫩脚的肌肉绷得紧紧的,眼睛里流露出急切的目光,不住地喘着粗气。

"就现在?"男孩慢慢地凑到了跟前,"得多长时间?"

"靠后,求求你了,它不需要你冲着它喷气。没错,显然现在就要生了。"

士兵的做派消失了,又向前挪了一步的男孩还只是一个孩子。"我能看看吗?"

"只要你把枪给我就行。"

男孩迟疑了。"可是你会……"

"我不会朝你开枪的。大概不会吧。但是你不能带着枪靠近我们。谁都不能带着枪靠近一匹怀着孩子的狼。"菲奥竭力让自己显得像是在宣读一条律法,而不是在说自己刚刚瞎编出来的东西。

男孩几乎没有犹豫,就笨手笨脚地把枪丢给了菲奥,扔过去的时候枪管指着菲奥。菲奥伸手接住,闻了闻,然后就把它扔向了树林深处。

"你可以站在这么近的地方,"菲奥说着就在雪地上划了一道线,"但不能更近了。"她转过身,背对着男孩,男孩可以等。他还有更重要的事情。

嫩脚在用嘴喘息的同时也在用鼻子喷着气,它鼻子周围一团又一团的雪被吹得飞了起来。

男孩慢慢地凑上前,跪了下来,他跟菲奥之间只隔着两匹狼的距离。"疼吗?它看起来很痛苦。"他问道。

"当然疼了。不过妈妈说没有人疼得那么厉害,因为狼的脑袋比人的要小一些。"菲奥说。

"我能帮什么忙吗？顺便说一句，我叫伊利亚。"

"不，反正现在还不需要。你可以在那里待着。"

"现在你应该说一下你叫什么。其他当兵的都说你和你妈妈缺少社交。"

"你能不出声吗？这很重要！"

"反正我知道你叫什么。你叫菲奥多拉。"

菲奥没有理睬伊利亚，凡是用全名称呼她的人，她一概不予理睬。这是她的原则。

嫩脚躺在那里，喘着气哀号了一声，一小团毛茸茸、黏糊糊的东西落在了雪地里。菲奥屏住呼吸，她也不太清楚自己应该做什么。那团东西没有动。嫩脚扭过身子，闻了闻那团东西，又舔了舔，然后把脸转了过去。从它嘴里发出的声音更像是哭嚎，而不是咆哮。

"现在呢？"伊利亚问。

"我不知道！这下你满意了？"菲奥拿起那团湿漉漉、毛茸茸的小东西。它太小了，而且一动不动。菲奥舔湿了自己斗篷的边缘，然后用它轻轻地擦拭着那团毛茸茸的肉体。没有任何反应。她又用指尖碰了碰那团东西。没有心跳。

"一切正常吗？"伊利亚问。

"不，不正常！"菲奥说。她慌乱地用小指撬开小狼崽的嘴巴，往里面吹了一口气。小东西还是没有动。它的身体已经开始变寒冷了。

"出什么事了？"

"他们一直给它喂错了食物。"她的指甲深深地扎进了自己的掌心，"它死了。"

"死了？"伊利亚看起来很震惊，"已经死了？咱们能……"

"不能。在子宫里的时候它就死了。它太小了，你自己看。"菲奥耷拉下脑袋，用头发遮挡住自己的脸，这样伊利亚就不会看到她的脸已经被打湿了，"人们不知道应该怎样喂养狼。白痴。"

嫩脚的身体变得更加紧绷，它发出一声奇怪的悲鸣，菲奥从不知道狼竟会发出这样的声音。

"等一下！还有一个！它使劲儿的时候你不要出声！"菲奥轻轻地摸着嫩脚的脑袋，眼睛盯着它的后半截身子，"干得好，宝贝儿！现在稳住。你能行的。"

"现在又怎么了？"伊利亚把音量压到了最低。

"别出声，狼会吃了你，这两样中你究竟听不明白哪一样？"菲奥说。她感到胸腔里火烧火燎，这才意识到自己刚才一直在憋着气。她大口地吸了一口气，说："对不起。我不是……它需要安静。"她轻轻地捋着母狼的脊柱，向任何一位能够庇护狼崽和世间一切抽着鼻子的脆弱生命的神许愿。

菲奥张开手等在那里，嫩脚的身体又绷紧了，一团蠕动着的、个头更大的东西滑进了她的手心里。

"还活着！"伊利亚说，"我看见了，还活着！"

菲奥将喜悦的目光投向了雪地。"没错！不过，可别搞砸了！还是再等一等吧。"她把狼崽放在了嫩脚的嘴边。

刚刚做了母亲的嫩脚舔掉了小东西身上的黏液。狼不会像猫那样在高兴的时候发出咕噜咕噜的声音，但是在感到开心时它们的身子会颤动起来。嫩脚此刻就在颤动。它把那团小东西用嘴拱到了菲奥的膝盖上。

伊利亚尖叫了一声。"看呐！"

小东西动了起来。它咳了一下，比纸的窸窣声大不了多少。透过裙子，菲奥感觉到小东西那指甲大小的心脏正在跳动。

"噢！"菲奥垂下头，轻轻地对小东西耳语，"小东西，欢迎你来到这个世界。"这种感觉就像是得到了一整个王国。

"你看到了吗?它把小狼崽交给了你!"伊利亚说。

"狼群就是这么做的。它们共同抚养幼崽。"

男孩脸上兴奋的神情就跟黑子看到食物近在眼前时的表情一模一样,看到他的那副模样菲奥惊呆了,他看上去那么饥渴,充满了期望。菲奥挪了挪,给他腾出了一块地方。"来吧。过来看看。"

"它是瞎子!"伊利亚倒吸了一口气,"菲奥多拉,快帮帮它!"

"它不瞎。我的意思是它应该不瞎。大约十天的时间,它们都不会睁眼。"

狼崽的两瓣尖屁股朝上撅着,两只肩膀也是一样。除了白色的脚趾、胸口上的几块灰色斑点,它浑身上下几乎都是黑色的。它闭着眼睛,菲奥刚把它放在嫩脚的乳头前,它的爪子就胡乱地挠着母亲的肚皮,茫然地想要挤出一些奶水。菲奥哈哈大笑了起来。它看上去就像是一个老头在跳舞,令人很难不产生这样的联想。

伊利亚伸出一只手,想要摸一摸狼崽,但是他又犹豫了,就把手缩了回来,然后压在了屁股底下。"看呐,"他喘了一口气,"小宝宝在吃奶,是不是?"

"狼崽。狼的孩子叫狼崽。"菲奥说。

"它身上的肉比一张餐桌多不了多少。"伊利亚说，菲奥瞪了他一眼，他的脸涨得通红，"我生下来的时候我妈妈就是这么说我的。那是在她去世之前，不是后来的事。我爸爸说生个瘦一点儿的孩子有好处，吃的不多。"他凑得更近了。

菲奥不知道该说什么。男孩没有看她，而是一个劲儿地盯着狼崽。狼崽无意中尝到了雪，这是它这一生中的第一口雪。它打了一个喷嚏，像洋娃娃的喷嚏一样细弱。

菲奥说："其实我叫菲奥，不叫菲奥多拉。"

"菲奥。我能摸一摸它吗，菲奥？"

"它是个男孩。你能不能摸它，完全取决于嫩脚，不取决于我。"可是伊利亚露出了一脸的期待，看着他那副样子，菲奥感到心口有些疼。她耸了耸肩，说："要是你能确保一直让嫩脚看到你的手，它就不会咬你。如果看不到你的两只手，它就都会变得紧张起来。"

伊利亚轻轻地摸着狼崽时，从头到脚都哆嗦着。菲奥望着他。他睫毛的颜色那么淡，淡得几乎都快看不见了，上面落满了雪，他的一只眼皮上有一道伤疤。

"拉科夫想让我们杀死的就是这个？"他问道，"他说狼很凶残。"

"他害怕狼。恐惧有时候就像仇恨一样危险。动物最清楚这一点。"菲奥说。

"可是,看看它的爪子!"伊利亚说。菲奥打量着那几只爪子,它们就像剪下来的指甲一样又短又细。伊利亚用小指的指尖碰了碰狼崽的爪子。"不应该打死狼崽,它的生命才刚刚开始。"他说。

他们坐在那里,狼和孩子混在一起,待了几个小时。菲奥和伊利亚不太说话,他们只是一个劲儿地看着狼崽摇摇晃晃地在母亲的几个奶头之间转来转去,吃力地往母亲如大山一样的身体上爬着,一次又一次滑落到雪地上。

傍晚的时候菲奥终于唤醒了母子俩。嫩脚叼起自己的孩子,看着菲奥,等着女孩给它下达指令。

"我们得走了,"菲奥对伊利亚说,"晚安。"

"你要把它带到哪儿去?"

菲奥有些迟疑。"你不会说出去吧?"

"绝对不会!真的,我发誓,菲奥。"

"我要带它回家,回到我的屋子。它可以睡在屋子里,如果它愿意的话,也可以睡在门廊那里。他们会看到我们吗?从树林到我家的这一路上。"

"不会。这六英里由我负责。"伊利亚低头看着袖子上的金扣子,"我还能再上这儿来吗?"

"他们不会打你吧?"

伊利亚耸了耸肩。"我还能再上这儿来吗?"

"好吧。可以的,如果你想来的话。"

"帮你训练狼?"

"这可不是一件容易的事情。"菲奥克制着自己,以免咧开嘴笑起来,心想现在就对士兵咧嘴笑还为时过早,"你可以来,但是如果你带着枪,那就别来了。而且,你还必须保证不会把自己看到的说出去,否则就得尝一尝被狼咬死的痛苦。"

"听起来没问题,"伊利亚说,"我的意思是……"菲奥又听到他的声音里带着城里人才有的鼻音,"如果非死不可的话,至少这种死法很刺激。"

第五章　整个世界停住了

接下来的几个星期是菲奥一生中最快乐的一段日子。她和妈妈待在房子附近,尽可能地远离兵营。玛丽娜四处巡视,总是随身带着刀。她的五官拧在一起,不过这段时间始终没有出现灰色大衣的影子。在还没有睁开眼睛的时候,狼崽就已经清楚地显示出,只要醒着——这样的时候并不多——它就是一个聪明得有些吓人的家伙。它和母亲睡在门外,睡觉的时候它就依偎在母亲身上。日出时分,菲奥会坐在窗台上,狼崽坐在她的大腿上,嫩脚嗅着积雪,绕着屋子冲来冲去，扑向一阵阵的风，啃着屋子的外墙，甚至消失一两个钟头，对自己刚刚学会奔跑的腿进行测试。

有时候伊利亚会一声不响地突然冒出来。一开始他还试图假装是自己失足滚下了山坡，看到菲奥在劈柴或者给滑雪板上油时，他还摆出一副大吃一惊的样子。

"你那张吃惊的脸一点儿也不可信。你看上去就像是别人的姨奶奶。"菲奥大笑着说。

黑子和大白都已经嗅过伊利亚了，它们都觉得他既不好玩，也不能吃。只有灰灰一直注意着他，会在他离去时一直尾随他走到树林的边缘。它的神色中没有强烈的敌意，但也不是那种想要给他拿蓬松的靠垫和热饮料的殷勤样子。狼崽已经能辨别出伊利亚的气味了，虽然它还没有睁开眼睛，但是在伊利亚走近的时候，小家伙也能细声细气地叫唤几声，跟跟跄跄地走上前去。这时，伊利亚会坐下来，用一只手抱起小家伙，跟菲奥讲一讲军营里其他人的情况、沙皇一阵阵发作的焦虑、乡下出现的暴乱。除了自己生活的树林，菲奥很少能听到外界的消息。她听得很认真，不停地叫伊利亚讲拉科夫的事情。

"星期天，他会逼着一些下级军官抓着阳台，吊上一整夜。他说要是他们撒手的话，他就会在他们落地前打死他们。我觉得他疯了，或者说他很可能快要疯了。有人说五年前他并不是这样。"

"沙皇为什么不制止他？"

"沙皇有一个病恹恹的小儿子，所以就顾不上俄国其他的事情了。"

"我不知道他还有个儿子！"

"当然有了。你在这里听不到多少消息，是不是？"

菲奥吐出舌头。"俄国大得都让人顾不过来了。"

"是的。这就意味着拉科夫可以为所欲为。我想这本来也没什么，但他想要的都是那么血腥的东西。有一次，他把一个老乞丐活活埋在雪地里给闷死了。沙皇从来不知道这些事情。"伊利亚说这些的时候，菲奥竭力摆出一副一点儿也不害怕的样子。

"噢，我明白。"她说。

伊利亚还给她讲了小小的军官图书馆的事情，偶尔他会从那里偷几本书出来。"书是整个军营里唯一的好东西。有时候睡觉时，我就把字典垫在枕头下面。我这么做只是为了提醒自己，世界上除了'过来，小子'以外，还有其他的词语。"

作为回报，菲奥给伊利亚讲了训练狼恢复野性的事情,还有他们的传统习惯。"我们不给它们起人类的名字。狼有自己的名字,它们不需要人类的名字,所以我们按照颜色或者特征给它们起名,比如嫩脚。"她解释说。

"你打算管这只狼崽叫什么?"

"还没想好。头几年里它们的毛色是会变的,所以在主色确定之前我们不给它们起名字。"菲奥告诉伊利亚,自彼得大帝在位时起,她的家族世世代代都是驯狼人。伊利亚表现得无动于衷,菲奥觉得他那副样子完全是装出来的。

嫩脚学会把肉撕开的那一天,伊利亚也在场,他躲在安全的地方看着嫩脚,菲奥则和狼群在雪地里滚成一团,庆祝胜利。他帮菲奥哄着嫩脚跑起来,从后面推着它,而菲奥就踩着滑雪板在前面飞快地滑着,用俄语和她最擅长的狼嗥大声给嫩脚加油鼓劲儿。嫩脚发现那只冰冻的驼鹿的那一天,伊利亚也在场,他见证了它嘎吱嘎吱地把驼鹿吃得一干二净,甚至连骨头都吃掉了,只是最后它在他的靴子上吐了一大摊东西。

当嫩脚带着一副自鸣得意的神情走掉后,伊利亚说:"要想解释清楚这件事可不容易,要是你的靴子和纽扣没有擦亮的话,拉科夫就会把你打一顿。"

"给你,"菲奥递给伊利亚一块破布,"擦掉吧。就拿雪当鞋油。"

"还是有味儿。"

"那就告诉他这是圣彼得堡流行的一种香水。反正,你不能跟动物住在一起,还对一点点污垢那么在意。"

"嗯,没错。只要看上你一眼,谁都会得出这样的结论。不过我想大多数人都会认为在恶心的程度方面,呕吐物和污垢可不是同等级别的东西。"

菲奥吐了吐舌头,对食物有所怀疑的大白也伸出了舌头。"不要像大人那样跟我唠叨。我的意思是,大多数人都以为自己喜欢动物,其实他们只喜欢概念中的动物。真正的动物就意味着肮脏。"

"菲奥,我的袜子里有几块驼鹿肉!"

"很好!这说明它信任你!"

狼崽睁开眼睛的那一天,菲奥和伊利亚举办了一场庆祝宴。他们藏在屋子背后,就算有其他士兵监视他们,他们也不会被发现。他们为狼崽堆了一个冰雪宝座,还在上面放了一块红色的坐垫,那是他们从玛丽娜的卧室里偷出来的。狼崽还没有出牙,不过在宴会上它一直在用牙龈拼命撕扯垫子里的羽毛。每年冬天快要结束的时候,一日三餐总是很简单,所以当伊利亚从背包里掏出一块馅饼时,菲

奥便觉得舌头直痒痒。那是一块用红色酱料做的肉末馅饼,他俩的手上随即沾满了酱料,连雪都被染成了血红色。

"你从哪里搞来的?"菲奥问。馅饼带着一股浓烈的番茄和调料的味道,外皮又酥又薄,涂满了黄油。菲奥还从来没有吃过这么可口的馅饼。

"偷来的!我没想到会这么容易。我是说,我还以为这种感觉会很糟糕。"

一只渡鸦扑扇着翅膀从他们身旁飞了过去。菲奥指了指渡鸦,对嫩脚说:"嫩脚,抓住它!"嫩脚舔了舔自己的幼崽,待在原地一动也没动。

"你瞧那张脸,"伊利亚说,"它在迁就你。当你告诉人们你打算为你的猫织一条参加舞会穿的长袍时,或者打算把你的绵羊染成橘红色时,人们就会摆出这样的表情。"

"闭嘴。它现在一天跑得比一天快了。我清楚自己在做什么。"菲奥说。

"你也给我闭嘴,不然我就把嫩脚的事报告给拉科夫。"伊利亚说。

菲奥没有理会伊利亚。她知道很快他就会收回自己的话,他才不会把这对母子交出去。"妈妈总是说训练狼恢复野性,就是在让狼逐渐明白自己天生就是勇敢无畏的。这不是一件容易的事情。我不需要别人的帮助。"

🐾🐾

事实证明菲奥错了,后来是伊利亚的帮助救了她的命。

那天深更半夜的时候,伊利亚敲响了菲奥的窗户。她正好梦到了那个馅饼,因而醒过来时感到很委屈。她拉开了窗户,但夜晚的空气让她一下子缩了回去。

"干什么?"

伊利亚没有回答,而是像一只病恹恹的猫一样轻轻地干呕了几下。

"伊利亚,你怎么了?"

"我……滑得……太快了。"伊利亚上气不接下气。

"怎么了?"

"来给你提个醒。他们要来了。拉科夫,另外还有四个人。"

菲奥面前的空气突然模糊了。"你没事吧?快,进来!"她一把抓住伊利亚,想要拽着他翻过窗台。她没有注意到伊利亚的脚上还绑着滑雪板。伊利亚拼命地扭了扭身子,然后就翻进了屋里。他的脸上挂着一道道湿漉漉的印子。

"出什么事了?"

伊利亚说得很快,菲奥一开始根本不明白他在说什么,于是就让伊利亚又说了一遍。"嫩脚咬死了一头牛。还有,一直有食物丢失。他们说它偷了一个馅饼。"

"可那是你偷的啊!给咱们偷的!"菲奥瞪着伊利亚。接着她喊了起来:"妈妈!妈妈!"

"在他们追它的时候,它咬了一个士兵。他们朝它开枪了。"

"朝它开枪?"菲奥停住了。整个世界也随她一起停住了。

"真抱歉。我已尽力了……"

"可是——嫩脚呢?"菲奥将伊利亚的滑雪杖掉到了地上。

"它死了。"

"不!"这一声大叫都破音了,根本不像是菲奥发出的。

"菲奥……"

"四个钟头前它还活着,我还给了它半只寒鸦。"菲奥靠着墙一屁股坐了下去,"你确定吗?"

"我很难过,菲奥。"

"不可能。伊利亚!不可能。"泪水顺着她的下巴滑进了她脖颈处的头发里。

"是真的。它死了。我尽力了!我发誓,我尽力了。我拦不住他们。"菲奥这时才注意到,伊利亚的鼻子和下巴上都凝结着泪珠。

菲奥坐在地上,她感到大地在她的身子下面摇晃着。"是谁?告诉我是谁干的?我要宰了他们!"

"没时间说这个了——他们要来把剩下的狼全都杀了。他们还要逮捕你妈妈,因为她违抗了沙皇的旨意。"

"沙皇?妈妈见都没有见过他,怎么会违抗他呢?"

"他们说她无视警告。求求你了……"伊利亚抓起菲奥的两只胳膊，极力把她从地上拉起来。"菲奥！"他流着鼻涕，鼻涕一直淌到了他的嘴唇上，他的脸湿漉漉的。"他们就要来了。"

"什么时候？确切地说，几分钟后？"玛丽娜站在门口。

"妈妈，嫩脚……"菲奥说。

"我听到了。没关系，宝贝儿，别慌。"母亲的声音非常尖锐，但是她的出现立即让菲奥的卧室不那么令人感到窒息了。她扭头看着伊利亚："我们还有多少时间？"

"我滑得尽可能快了，可是他们会骑马过来，要不就坐雪橇。应该有……我也不知道……半个钟头吧。我不擅长估算时间，没准儿只有十分钟。"

"谢谢你。"玛丽娜在女儿面前蹲下来，紧紧地抱住她，"还记得咱们的计划吗？"

"我的背包就放在后门旁边。"菲奥没想到背包真的会派上用场。她使劲儿地回想着自己在背包里放了些什么。"我真应该对这件事更上心一些。"她在心里念叨着。以前似乎一切都不会改变，菲奥感觉家就是一个永恒不变的地方。

"伊利亚，请给我们放哨。一旦看到他们来了，就大喊一声。"玛丽娜说。

"是，夫人！"伊利亚敬了一个礼，然后就离开了她们，守在能看见通往木屋的那条马路的地方。

"菲奥,穿上衣服。你要跑到废墟建筑去,在那里等着我。我要在这里尽可能地拖住他们,好让你有时间把狼集合起来,然后我就会追上你。咱们要往南走,一直朝着莫斯科的方向走。你还记得吗?"

"记得。"菲奥用自己的头发抹了抹脸,"当然记得。"

"那就抓紧时间吧,亲爱的!"

菲奥慌忙给自己套上了最厚实的裙子和最暖和的靴子。她又从妈妈的卧室里拿了一件羊毛衫,套在了自己身上。羊毛衫太大了,但是比她自己的厚实一些。接着她又穿上了一件毛衣,然后披上了红色的斗篷。

门口传来了一声尖叫,是伊利亚的声音。门砰的一下被推开了。屋子里一片漆黑,菲奥从自己的卧室里冲到了门道里。门口响起吼叫声、东西摔碎的声音,还有皮靴重重地跺着地板的声音。

四支燃烧的火把,四个士兵。他们的脸在暗处,不过看得出他们都是身材魁梧、皮肤粗糙的中年人,身上还都带着枪。一个士兵厉声下了命令,其他三个人立即用手里的武器砸烂灯,捣碎窗户。菲奥紧紧地贴着墙,她的心在胸膛里怒吼着。她跑回自己的房间,操起了一副滑雪板。

菲奥听到有人在跑动，母亲在客厅里说话，接着就是一声痛苦的咆哮——发自于男人。

她紧紧地抓着滑雪板，从门道的一头冲进了客厅。她只看得到母亲的轮廓。母亲背靠着墙，手里挥着一把刀。

菲奥胡乱地挥舞起自己的滑雪板。房间里有些昏暗，不过她还是看清楚了朝她猛扑过来的那个男人有着拉科夫的手和烟味。她又抡起了滑雪板，在黑暗中摇摇晃晃地转了一整圈。拉科夫哼了一声，声音里或许带着恼火，不过听上去更像是笑了一声。

"不许……笑！"菲奥咧开嘴，露出了牙齿。她不再挥舞滑雪板，而是将滑雪板翻转过来，将滑雪板的尾巴指向前方。这一次她猛地向前冲了过去，一把将滑雪板捅向了对方。

这一招管用多了。看到效果竟然那么好，菲奥感到非常惊骇。滑雪板啪的一下撞在一个士兵的脖子上，他大叫了一声，用一只手紧紧地捂着擦破了皮的脖子，伸出另一只手去抢菲奥手中的滑雪板。菲奥把滑雪板扯了回来，接着又朝拉科夫戳了过去。一种可怕的、软弱无力的感觉告诉她，滑雪板击中了一个软绵绵的东西。拉科夫发出了咆哮，一头扑向菲奥，他的唾沫星子飞溅在菲奥的脸上。

"不。"菲奥倒抽一口气。她甚至无法抬头看上一眼。她丢掉滑雪板，拔腿就跑，膝盖把椅子都撞翻了。她砰的一声关上了后门，冲出去的时候顺手抓起了自己的背包。她听到身后有人在咳嗽、哽咽地咆哮，接着就听到了母亲的喊叫，还有一声尖叫。她听不出来是谁在尖叫，泪水完全遮挡住了她的视线。还有其他东西让她眼前模糊一片——烟。火焰从屋里吞噬着木质窗台，浓烟翻滚着涌向屋外寒冷的空气中。

凝视了几秒钟后菲奥恍然大悟，她的家在燃烧。她用手捂住耳朵，尖叫了起来。驯狼人不该尖叫，可是当她看到熊熊烈火时，愤怒和恐惧控制住了她的喉咙。从燃烧的木屋里传出一个声音，那是一声叫喊——"菲奥！快跑！"

菲奥从来没跑得这么快。她的肩膀探了出去，两只脚在雪地里高高抬起。衣服一侧缝得太紧了，她跌跌撞撞地跪倒在了地上。她挣扎着站起来，把嘴里的雪吐了出来。她的呼吸中夹杂着一股锡和胆汁的味道，菲奥觉得自己太渺小了。就在这时，三个影子从树林里蹿了出来，是那三匹狼。它们气喘吁吁地朝她飞奔过来，嗅着空气中的灰烬。菲奥张开双臂，它们一头扑向她，将她撞得一屁股坐在了地上。

"黑子！"菲奥一把搂住了黑子的脖子，把脸埋进它的身体。但是白雪映衬下的黑色毛皮让她想起一件可怕的事情，她停住了。"狼崽！"

木屋的侧墙在烈火中嘶吼着。灰烬飞进了夜晚的空气中。

"它还在大门外！"

菲奥撒腿就跑。她猫着腰，一只手搭在黑子的脖颈上。狼崽距离大门有十英尺，依然沉浸在睡梦中，根本没有听到火焰声和人的咆哮声。它打着呼噜，就像其他狼那样鼻子里还冒着小小的鼻涕泡。菲奥一把拽住它的脖子，把它拎起来，塞进了自己前胸的衬衣里。狼崽细声细气地叫唤起来，爪子慌乱地挠着菲奥。

菲奥望着黑夜，拼命克制着自己颤抖的双手，这时突然门被撞开了。黑子飞奔过来，它叼着菲奥的手腕，牙齿刺穿了她的皮肤，就这样将她拖着绕到了房子的侧面。在他们从窗户前跑过去的时候，一扇窗户向外炸开了，火苗吞卷着菲奥的斗篷。屋顶上火星四溅，不住地摇晃着。这时，屋里传来了说话声。菲奥不禁愣住了。

士兵从屋子里退了出来，一边咳嗽，一边抹着自己的脸。跟他们在一起的还有一个人，菲奥的心狂跳起来。

是母亲，烈火中的房子映衬出她的身影。母亲的两只手被绑在身后，肩膀也随之朝后拧着，眼睛和嘴巴上都蒙着破麻袋布，两个士兵分别在两旁架着她。

菲奥咬住了自己的手腕，以免自己尖叫起来。母亲的眼前一片漆黑，脚下绊了一下，滑倒在冰面上。两个士兵粗暴地把她从地上拽起来。

菲奥听到有人哼了一声，声音是从门口传来的。拉科夫距离屋子里喷出的火舌只有几英寸，他站在那里，一只拳头紧紧地摁在眼睛上，一条袖子上沾满了血。他大声地笑着，胸脯上下起伏着。他的笑声粗糙刺耳、筋疲力尽，还夹杂着痰液的声音。越来越不连贯的笑声飘进了夜空，这种笑声会让你怀疑自己是否真的了解这个世界。

菲奥靠在墙上才没有倒下去，她的呼吸时断时续。她狠狠地掐了掐眼皮，好让自己保持清醒。等到掐眼皮也不管用的时候她就抓起一把雪，将雪揉进眼睛里，痛苦地倒吸一口凉气。她真希望自己是在梦中——这些事都没有发生过。

一切都还没有结束。

拉科夫把另一个士兵叫过去，让他扶着自己上马。他已经停止了笑，转而抄起一捧雪，把雪球压在自己的眼睛上，脸上露出十足的官气。

"上西边的林子看一看。那个女孩有可能躲在邻居家。必要的话，把他们的房子也给烧了。"

士兵迟疑了一下，然后咽了口唾沫，点了点头。

"还要找到那个小子——那个不中用的小子。把他带回来，让我好好管教管教他。还有这个。"拉科夫伸出一根手指捅了捅自己的眼睛，又指了指自己脸上的皱纹里渐渐凝固的鲜血，"倘若让我听到军官们嚼舌头，议论这个女孩的事情，我就得找人给我讲清楚，而那个人正是你，达维多夫。"火光照亮了拉科夫的脸，他的嘴时而向上，时而向左右两边抽搐着。

"是。"那个士兵抹掉了脸上的煤烟和汗水，敬了一个礼，手放下去的时候一直哆嗦个不停。

菲奥吃下去的晚饭涌到了喉咙里。突然黑子用脑袋顶了顶她的膝窝，她不知所措地把一条弯曲的腿甩过黑子的脊背，还没等她坐稳，黑子就在雪地上飞奔起来。他们离木屋、离菲奥的母亲越来越远。

"等一下！"菲奥含糊地喊道，"我得回去一趟！"

可是她没有示意黑子停下脚步。呼吸如同刀尖一样剜着她的胸腔，她感到整个世界突然弯曲了、模糊了，嘶嘶声涌进了她的耳朵里，烈火中的混乱世界彻底变成了一片漆黑。

第六章 向北方疾驰而去

在拂晓前灰蒙蒙的光线中，菲奥醒了，一群狼围在她的身旁，她想知道为什么自己觉得好像有人死了。突然她想起了昨天夜里的事情，她看到自己的皮肤上沾着烟灰，胳膊和腿都打起了寒战。

"妈妈！"她轻轻地叫了一声。

狼群感觉到她在动，或许透过她颤抖的肌肤它们还感觉到了她的恐惧。它们猛地扑到菲奥跟前，她在雪地上又躺了几分钟，任凭自己在一团乱糟糟的狼毛和一条条狼舌的攻击下喘不上气来，偶尔她还得挨上一巴掌狼爪子。狼崽使劲儿往她的耳朵里钻。她闭上双眼，数到了十，让自己的拳头、膝盖和心脏做好了迎战整个世界的准备。

坐起来时她的身子已经不哆嗦了。她看到伊利亚斜靠在一棵树上，背上背着一个口袋，脸上露出一副警觉的神色。

"你！"菲奥一跃而起，"伊利亚！你怎么找到我的？"她的话音里透着一丝责备的意味。她跌跌撞撞地走了过去，难为情地抱住了伊利亚。伊利亚蹙起眉头，直挺挺地站着，两只胳膊耷拉在身体两侧，直到菲奥放开了他。

"我跟着狼留下的印迹。几个星期前，你妈妈教过我一旦出了岔子我该怎么做。"伊利亚说。他的身上裹着玛丽娜的绿色斗篷。"在你收拾背包的时候，她说我应该穿上这件斗篷。"他看了看菲奥的脸，"把我的军装盖住。"

"计划不管用。失败了。"菲奥说。

"没有失败。我知道的。我看见了。"伊利亚重重地说道。

"妈妈发誓不会有事的！咱们得逃……"

"我想本来应该管用的，她本来是可以跑掉的，要不是他们放火烧了……"伊利亚似乎不想说出"你家"这两个字。他做了一个鬼脸。"菲奥，是火造成的。火把她的出路给堵死了。"

"整座房子都烧光了?"菲奥竭力摆出一副不经意的腔调。她强忍着不去想自己在天花板上画的星星,一代又一代的狼在门上留下的痕迹。可是她没能忍住。

伊利亚点了点头。"你应该上别处去。留在这里等毫无意义,他们还会回来找你的。"

"找我?"

"是的,找你,因为你对拉科夫干的事。"

菲奥竭力让自己的声音听上去很无辜。"他怎么了?"她的努力又失败了。伤过人的人才会发出她这样的声音。"我不是故意的!至少可以说不完全是故意的。"

"我回去过了,把嫩脚埋掉后,就上这儿来了。中士们私下里议论纷纷,说你是一个会法术的小巫婆。"

"就因为我用滑雪板砸了人?巫婆又不用滑雪板!"

伊利亚耸了耸肩。"拉科夫在找你。他很生气,也很丢脸。我想这比生气还要危险。"

"我有狼。我才不怕呢。"菲奥撒谎了。

"你害怕的,菲奥!或者说,你应该害怕!"

菲奥对着伊利亚做了一个最可怕的鬼脸:伸长舌头,用舌头碰到了鼻尖,把眼皮翻了上去。这么做后,她感觉好点儿了,尽管狼崽试图咬她的舌头。

"这些事情都不应该发生。我们只想过自己的日子，没别的。只有狼、雪，还有妈妈。还有书，还有热黑莓浆喝。我们过得很幸福，就我们而已。"她的身子剧烈地哆嗦了一下，在狼群中间坐了下来。

伊利亚把手插进她的腋窝下，使劲儿拽着她。"起来！你没有见识过拉科夫会对别人干什么。有的男孩说要是你划伤了拉科夫，他会让你血溅雪地。"

"不，不会的。我见过。"菲奥努力地笑了笑。

"你太不当回事了！听着，他……有时候他会在大半夜醒来，命令我们这些男孩放火——放二十四把火——否则他就把我们点着。"伊利亚说。

菲奥努力耸了耸肩。

"他还命令年纪最大的人——那些人牙齿都没了，还有关节炎——打架，直到打死为止，菲奥。其他人还在为谁会赢下注。"

菲奥把一只手放在黑子的脑袋上，抚慰着黑子。

"他还把人们困在他们的屋子里，放火烧死他们。他也想把你烧死。"

"嗯，所有人都得学会绝望地活着。"现在菲奥的笑容就像岩石一样僵硬。

"菲奥，我可不是在跟你开玩笑。"

菲奥收起了笑容，反正那个笑容也是阴森森的，不值得继续挂在脸上。"我知道！他们抓走了我的妈妈！"

"我说的就是这个！"伊利亚使劲儿地扯着菲奥的袖子，"所以你得离开这里。"

"我知道。"菲奥说。她抹掉眉毛上的冰霜，在地上蹦跶着。此时，她脑袋里原本模模糊糊的东西变得清晰了，"我准备好了。"

"那么……你要上哪儿去？"

"我不知道！"菲奥说，"问题就在这里！我不知道怎么才能找到她。我甚至不知道他们把她带到哪儿去了！"

伊利亚瞪大了眼睛。"什么？知道的，你知道的！"

"我不知道！他们又没有给过我地图！"

"可是你肯定知道！他们把她带到克列斯特监狱去了，就在圣彼得堡，去受审了。"

"为什么要受审？"

伊利亚显得有些不自在。"你曾听到拉科夫是怎么说的，他说她违抗了沙皇的命令。严格来说，这就是叛国罪。你的母亲会被送到营地去。"

"野营？"菲奥的眉毛拧到了一起。野营可不是你会在冬天做的事情，除非你喜欢看着自己的脚指头萎缩、脱落。

"是劳改营。"伊利亚的脸涨红了,"你知道的。沙皇在西伯利亚设有劳改营。"

"我认为她不会想去劳改营。"

"是不想。"伊利亚说。他看着她,神情有些古怪。"是不想。不过,在审判前她要被关押一阵子。"

"关多久?"

"下个星期五之前审判不会开始,因为星期五法官才能从外里海州回来。今天是星期六。"

菲奥咬住了嘴唇。六天。"监狱呢?你知道在哪里吗?"

"谁都知道啊!被我这样的士兵看守着。我的意思是,并不完全跟我一样。他们年纪都比我大。"

"那就简单了!我要去救她!"菲奥的心里涌过一股暖流,"你知道上那儿去的路吗?"

"当然知道。"

"那就是说你可以带我上那儿去!"

"我……我可以。可是……没有人说过我要去……"

"你害怕了!"

菲奥以为伊利亚会不承认,正常人都会如此。可是伊利亚点了点头,仿佛菲奥说的是跟天气一样确凿的事实。"我当然害怕。我了解拉科夫。"

"那你不跟我一起去了？"

"我没这么说。只是我……你想要我去吗？"

"什么？"这是显而易见的事情啊。菲奥愤怒地扫视了一圈周围的雪地，在心里嘟囔了一句，狼的心思比人的好懂多了。狼、星星，还有雪，这些都好懂。"没错，当然了，你这个白痴！"她意识到自己的语气还是不像自己期望的那样友好，就又努力了一次。"求求你了。走吧。"她不愿意直视伊利亚的目光，于是把目光投在了他的金纽扣上。"我不想自己一个人去。我有狼，可是我希望……身边有一个能讲俄语的人。"这个人有着她从未见过的勇气，不过她没有把这句话说出口。这种勇气很温柔，不引人注意，还有些优柔寡断。

"可是听上去你好像在生我的气。"

"没有！没有生气。只是……害怕。"菲奥坚信如果你告诉别人你害怕的话，那么迟早你得杀死对方。不过伊利亚的情况有所不同。

"那我就去。毫无疑问。"

"乌拉！"菲奥拍了拍巴掌，伊利亚一个箭步闪到了一旁。

"别再抱我了，要是你有这个打算的话！你抱得太狠了。"

"那就快点儿吧！"菲奥指了指树林，想把自己羞红的脸藏起来，"往哪儿走？咱们走吧！"

伊利亚看了一下周围的雪地。"唔，可是……我只知道咱们应该什么时候进城。"

菲奥直勾勾地盯着伊利亚，心想男孩们还真是不如狼。

"咱们可以向别人问问路，要是能见到人的话。"伊利亚说。

"不，不行！不许问！咱们现在不能引起别人的注意，况且狼太引人注意了。"

"可是，圣彼得堡应该就是从拉科夫的驻地往北走，现在咱们就在附近，只是不知道哪边是北边。"

菲奥大笑起来，那股暖流又涌进了她的心里。"当然知道了！咱们有指南针！"

"我可没有指南针。你有吗？"

"咱们可以做一个，至少我会做。妈妈给我演示过一次。快点儿！"她从自己斗篷的下摆处取下一枚别针，"你有罐子或者杯子吗？"

"我有一个碗。木碗。"

"太完美了。我还需要一点儿水。"

伊利亚看了看四周。"上哪儿去弄水？"

"雪啊，伊利亚！"

伊利亚绝望地看了看周围。"可是，怎么才能把雪变成水？"

"放进你的嘴里捂热，真笨。就这样。"说完菲奥就把一团跟狼崽一样大小的雪塞进了自己的嘴里，然后压住鼻梁，以免冷气蹿进脑子里。

伊利亚照着菲奥的样子把两颊塞得鼓鼓的，结果被呛了一口。他一下子把冰碴子喷了出来，两只手紧紧地捂着头。"我的脑袋！"

尽管如此，菲奥还是咧开嘴笑了起来。"如果你能找来一块树皮的话，就由我来弄水。给你，带上我的刀。"

菲奥散开了辫子。这时候她的手感觉温暖多了，她知道希望就像天气一样能够控制体温。她轻轻擦着别针，从下到上，从上到下，一边擦，一边小声数着。五十下，妈妈说过。她想象着自己和狼群突然冲进大牢，母亲张开双臂一把将她搂住。她擦得更快了。

伊利亚穿过树林跑了回来，小心翼翼地捧着一大块树皮，仿佛树皮会逃跑似的。菲奥从上面裁下邮票大小的一块，把针穿了进去，然后把它们一起放进了碗里。针和树皮在水里旋转了起来，一开始是顺时针，接着又逆时针，然后就停住了。

"那边！"菲奥说，"针尖指的就是北边。圣彼得堡，伊利亚！咱们走吧。知道吗？我连城市的味儿都没闻过。"

"咱俩最好是轮流滑我的滑雪板，还是各自滑一支？"

"不用了。我不知道黑子允不允许我这么做，要是它允许，我就骑着它走。"

"真行！"伊利亚的声音里透着一股惊叹。

菲奥小心翼翼地朝黑子挪了过去。在昨天模糊的夜色中，把一匹狼变成一匹马是一回事，而在刺目的冬日晨光中则完全是另外一回事了。

你怎么询问一匹狼让不让你骑在它的背上？菲奥舔了舔手指，轻轻地捋着黑子耳朵背后的毛（好多年前她就发现，舔一舔狼会让狼缩成一团毛球），轻轻地在它的耳边说着抚慰它的话。

菲奥十分缓慢地伸出腿，将腿伸到黑子的另一侧。终于她跨着黑子，让两只脚站在了雪地上。接着她压低身子，慢慢地坐在了它的脊背上。她屏住呼吸，两只脚离开了地面。黑子看上去几乎没有感觉到菲奥的重量，它抽了抽耳朵，跑了几步，绕着伊利亚转圈。

骑在狼身上感觉太奇怪了，狼的脊背不像马的那样

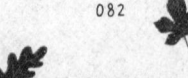

圆润,而是棱角分明。骑在狼背上就如同骑在皮革和弹簧上,毛皮之下蕴藏着无穷的力量。菲奥一向清楚黑子很强壮,但是还从来没有这么切身体会过它的强壮。

她趴在它的脖颈上,轻轻地摸着它的鼻子。黑子舔了舔她的指节。

"我觉得这就表示它同意了。"

正在琢磨应该把脚放在哪里时,菲奥突然发现伊利亚还在笨手笨脚地原地打转,显然他想要引起她的注意。在雪地上和在夏季的土地上转圈是截然不同的事情,在雪地上你的脚和膝盖都得挪动得更频繁才行。伊利亚看起来就像是在原地跳排舞[1]。

"怎么了?"

"我能骑一匹狼吗?这样的话咱们就快多了。"

菲奥看了看大白,又看了看灰灰。"我不知道。你可以,完全可以。灰灰就跟黑子一样壮实,可是我不知道它会不会让你骑。"

"知道了。"伊利亚凑近了灰灰,"过来,狼。过来,小乖乖。乖狼。"

---

[1] 排舞起源于美国20世纪70年代的西部乡村舞蹈,即排成一排的舞蹈,一般指集体共舞,但是也可以一个人独舞。

"别这样!"菲奥厉声说道。

"怎么啦?"

"跟它说话的时候你要是把它当成白痴,它绝对会把你吃掉。你就伸出手,要是它没有突然咬你的手,那你就可以试着摸一摸它的后背了。"

灰灰向来是狼群中最暴躁的,它总是用严厉的目光盯着你。它没有理会伊利亚伸过去的手,不过当伊利亚以惊人的优美姿态把腿跨过它的后背时,它没有躲闪。相反,它迈开步子,几乎还没等伊利亚把滑雪板夹在胳膊底下就跑了出去。随后,菲奥就听到了呼哧呼哧的喘息声,接着是一声叫喊,落满积雪的大树枝打在了毫无防备的一张脸上。

菲奥乐开了花。她应该告诉伊利亚弯下腰。她俯下身子,摇摇晃晃地向前越过黑子的脑袋,亲了亲黑子的白鼻头。然后她把狼崽放在自己的两条腿中间,给自己最要好的朋友指着北方。"那边,宝贝儿——到妈妈那里去。"

山顶上站着三个穿着灰色大衣、衣服上钉着金纽扣的人,在他们看来眼前的这一幕哑剧太离奇了。雪地里一个夹杂着灰色的绿点,一个带着一抹红色的黑点,他们一起向着北方疾驰而去。

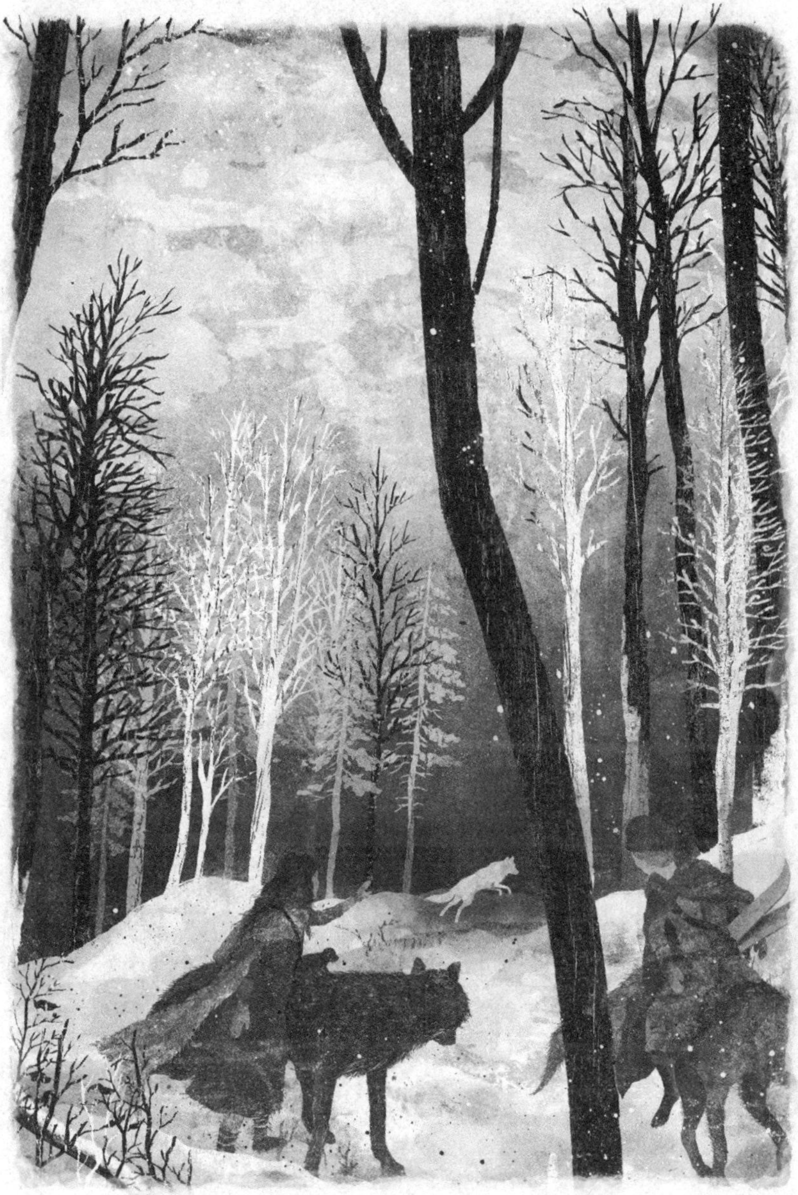

第七章　最原始的森林

在大森林里七拐八拐穿行了半个钟头之后,他们来到了往北去的一条道路上。这条路狭窄、蜿蜒,路两旁的树低垂在他们头顶上,树上的枝干结满了冰霜,闪闪发亮。

"我坚信一旦他们逮住我,就会把我毙了,要不是差这点,这趟骑狼之旅就太美了。"伊利亚的语气轻快得有些不自然。

菲奥想要告诉伊利亚小声点儿,就在这时她回过头,看到了他的脸。那张脸除了眼睛全青了,由于缺觉,眼圈变成了淡红色。他的嘴唇已经在寒风中皴裂了，但是他一声也没有抱怨过。菲奥使劲儿挤出一个灿烂的笑容。"别担心。咱们会先打死他们的。"

"咱们没有枪。"

"你明白的，这只是……打个比方，就像是用枪打死他们一样。"

"我想我还是更希望真的用枪打死他们，如果最后不得不这样做的话。"

菲奥冲着伊利亚做了一个鬼脸，然后看了一下平放在黑子脑袋上的指南针。"注意听有没有马车。"

这条路荒无人迹，不过菲奥还是让黑子靠着路边走，一旦听到身后有响动，他们就能立即跳进路边的壕沟里。在大路上他们的速度快多了，因为不需要在石头和横在地上的原木中间穿行，尽管雪仍然没过狼的半条腿。

几匹狼已经飞奔了一个多小时。突然菲奥听到一声响动。"是什么？"

"风？"

菲奥抬头看头顶上的树枝。"树枝没动。"

又有一声响动。菲奥恐惧地倒抽了一口气，咬住一大团头发，以免自己的牙齿嘎嗒嘎嗒地打颤，因为那个声响是马感到紧张的时候发出的动静。她认识的人谁都养不起马，谁都养不起，除了帝国军团的人。

菲奥回头张望了一下，路蜿蜒曲折，望不到头。

"我觉得他就在附近。"她轻声说道。

黑子咆哮了起来。或许是菲奥的膝盖夹得太紧，把它弄疼了，也有可能是它闻到了什么。

伊利亚咬着自己的手套，眼睛睁得大大的。"在哪儿？"

"我觉得就在咱们身后。咱们得离开大路。"说完菲奥就从黑子的脊背上溜了下来，"进树林。咱们只能跳过那条壕沟了。快点儿。"

但是狼不会服从命令，除非对这个命令感到满意。还没等菲奥伸手抓住大白，大白就转过身，沿着来时的路跑掉了。

"别走！回来！"伊利亚大声喊着。

菲奥懒得喊，她把狼崽轻轻地塞进了自己的背包里，两只手抓起斗篷，拔腿就追了上去。等她拐过一个弯的时候，伊利亚也气喘吁吁地赶了上来。"跑……慢点儿。"他已经上气不接下气了。

黑子和灰灰也跟了上来，各自跑在菲奥的两侧，用身体撞击着菲奥的膝盖。

拐过弯后,菲奥停下了脚步。恐惧涌上她的心头,她慢慢地后退,使劲儿把两匹狼拱到自己的身后。她的手臂把狼崽抱得更紧了,小家伙在口袋里蠕动着。

大路中间停着一架雪橇,雪橇上刻着帝国军团的纹章。刚刷过金色油漆的雪橇闪闪发光,上方的树枝覆盖着蓝盈盈的冰霜,看上去好像世界染上了童话的色彩。一匹配有银饰皮革挽具的马正狂乱地用蹄子刨着地上的积雪,那个士兵几乎牵不住它了。那匹马死死地盯着大白,大白则站在那里咆哮着,脖颈上的毛发直指天空。

雪橇的尾部坐着拉科夫,他身上裹着一层又一层毯子。

"野狼?"他说,"还是她的狼?"

说完他抬起头,看到了菲奥。菲奥也看到了他的眼。

拉科夫一侧脸颊上的皮肤皱巴巴的,浮肿的地方泛着黄色、紫色和绿色。他的一只眼睛上裹着绷带,帽子低低地压在前额上。在认出菲奥的一刹那,他脸上露出毫不掩饰的惊讶。菲奥看着他,看到这个老头子心满意足地撇了撇嘴。

"小狼女,我都忘了你这么小。"他说。

他从皮带里拔出手枪,朝菲奥敬了一个礼,然后朝一旁的大白开了枪。

大白摇摇晃晃地朝后翻倒在雪地上,菲奥嘶喊了一声,伊利亚扑通一下倒在地上。没等菲奥迈步,大白就踢腾了一阵,拼命站了起来,蹒跚地越过壕沟,钻进了树林,在身后留下了一串血迹。

菲奥转身就跑,恐惧让她脚下生风,她如同一道闪电扑进了壕沟里。壕沟里的雪没到了她的脖子,她喘着粗气匆忙地爬起来,从壕沟的另一侧爬上去,钻进了树林。她听到伊利亚在她的身后喘着粗气,喊着她的名字,她看都没看一眼就把手伸到背后,一把揪住伊利亚,拽着他往树林深处跑去。她的另一只手紧紧地攥着,一路上不停地推开落满雪的低矮的树枝。黑子身影模糊地从他们的身旁蹿了过去,循着大白留下的血迹跑远了。灰灰慢慢地跟在后面,它倒着走,随时准备冲追兵龇出牙齿和牙龈。

菲奥只回头看了一次,恰好看到拉科夫骑在一匹没有鞍的黑马上并策马跳进了壕沟。马蹄胡乱扒拉着往沟沿上爬,一个年轻一些的士兵顶着马屁股,将马顶上了沟沿,让它也钻进了树林。拉科夫大吼大叫着下了命令,随即就响起两声枪响。

恐惧让世界变得支离破碎,菲奥只看得见身前的树林。她恶心得干呕起来。积雪不停地拽着她的靴子,可是她只顾继续向前跑。她抓着伊利亚的手腕,左躲右闪地躲

避着连续不断的、白皑皑的灌木丛,把挡在身前的积雪狠狠推开。伊利亚在说话,实际上是在大声喊叫,可是恐惧在菲奥的耳朵里咆哮着,阻挡了一切声响和理智。她能做的就只有不停地跑下去。

直到赶上大白,看到大白的身影,菲奥才恢复了意识。大白步履蹒跚,后脚拖在地上,菲奥追上它时,它的腿已经支撑不住了,毛皮被鲜血染成了红色的绸缎。直到此刻,菲奥才知道狼竟然可以像人那样呻吟。

菲奥抱住大白的脑袋,抚慰着它侧身躺下来。继续跑着的黑子,突然也停下脚步,像一位忧心忡忡的父亲那样回头张望着。菲奥冲黑子摇了摇头。她盘腿坐在雪地上,吐了口唾沫,用两只拳头死死地抵住身体侧面岔气的地方。伊利亚不安地走来走去,眼睛瞪得大大的。

"咱们甩掉他了吗?"

菲奥回头看看灰灰,灰灰的颈毛就像铁栏杆一样直挺挺地竖着。"没有,灰灰闻得到他的气味。"菲奥说,她拼命地喘了一口气,"情况不该是这样的。"

"可是已经成这样了。咱们怎么办?"

菲奥心想"咱们"这个说法太慷慨了,毕竟拉科夫找的人是她,是她的脸让他的眼睛闪现出那种得意的金属光芒。

"大白没法继续跑下去了。"

伊利亚说:"狼能骑着狼吗?咱们可以把大白放在黑子背上吗?"

事实证明你不可能让一匹狼骑在另一匹狼身上。伊利亚和菲奥一起试着把大白横着甩到黑子的背上,大白从未做过这样的事情——它差点儿抓伤了菲奥。它龇着牙嗥叫着,挥舞着爪子,颌骨咔哒作响,最终扭动着身子跌落到地上。黑子只是痛苦地看着。

伊利亚的眼睛睁得大大的。"我想这绝对不行。"他看看身后,但是树林太密实了,什么也看不到,"菲奥,他会杀了咱们吗?"

"我不会让他得逞的。"菲奥说。她竭力让自己听上去像妈妈那样坚强、平静。她克制着在血液里咆哮的焦灼,试图想出一个计划。"可要是大白不能跑,咱们就得找到一个他们追不上的地方。步行的话拉科夫就会慢下来,对不对?"

"嗯,他已经老了。我从来没有见他跑过,如果你指的是这个的话。"

"既然这样,咱们就去一个马没法走到的地方。"

菲奥打量着四周。树林俯视着她,平静地等待着。树给了她希望,让她感到自己仿佛拥有千军万马。菲奥心想,这里是我的地盘,是我熟悉的地方。

"那儿,"菲奥说,"那边,那里有冷杉树。树长得很密。"

她扶着大白站了起来,他们重新上路了——两个孩子和三匹狼。现在他们最多只能慢慢地跑着,每跑出几步就停下来,听一听,然后继续往树林的腹地跑去。菲奥一直把手搭在大白的肩头,每迈出一步都感到筋疲力尽。

他们来到森林里最难走、最原始的地方,就在这时又传来了马的嘶鸣声。多年前暴风雪把很多大树都吹倒了,没有一个伐木工敢走这么远,把横在这里的大树据为己有,拿回家当柴烧。一棵巨大的橡树醉醺醺地靠在其他树上,树根指向天空。那棵橡树的叶子已经落光了,但树干上长出了一排冰凌,有的冰凌就跟菲奥的胳膊一样粗。当他们猫着腰从橡树下钻过去时,一根冰凌掉了下来,在地上撞碎了。听到声音,黑子噌的一下闪到了一旁,恼怒地吸了一口气。看到这一幕,菲奥有了一个主意。

"我想在这里做些事情。你带着狼继续往前走,可以吗?"

"不!要是我把你单独留下,你妈妈会杀了我的!我比你大,还记得吗?"

"求求你了,我需要你把狼拽走。瞧,就这儿,抓着它们的脖颈。除非逼着它们,否则它们是不会走的。我不

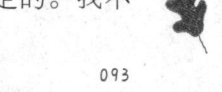

希望它们待在这里。"菲奥说话时，三匹狼都朝她扭过头，它们的眼睛里一如既往地充满了愤怒、果敢，还有对她的信任。"我是不会让他伤害它们的。"

"它们可是狼。"伊利亚看着菲奥，仿佛菲奥说的话十分荒唐，"如果我使劲儿扯它们，它们不会吃了我吗？"

"我想不会，它们现在已经跟你很熟了。大概吧。"

伊利亚舔了舔嘴皮。"大概吧。"

"求求你了，快点儿吧。还有狼崽，它在我的背包里，给你。那片黑莓丛有一个窟窿——就在那里，下面。如果你带着它们从那里穿过去的话，你们就很难被追上了。"

伊利亚的目光从菲奥身上移到了那片黑莓丛。那里光秃秃的，大约八英尺高，蔓延在大树之间。"那是老鼠洞。"

"不是的，是狐狸从那里钻进钻出。洞实际上比看上去要大，要是你能把积雪推开的话。我发誓。"

菲奥没有看着他们离去的背影，他们刚一走她就挖起了埋在积雪下的石头。这不是一件轻松的差事，她的手套很快就湿透了，不过她找到了四个大小合适的卵石。她把石头放进自己的斗篷帽兜里，然后跑到一棵杉树下，抓着树枝爬上了树。为了不掉下来，她不停地蹬着树干，还尽量放慢向上爬的速度，好让积雪遮挡住她的身影。

对她来说，身下的树林、开阔的视野以及冰霜和松树的气味，眼前的一切都不陌生。她看到那片灌木丛晃动着，伊利亚正带着狼群以歪歪扭扭的队形穿过，她还看到在另一个方向的树枝也在抖动着。

那匹马就像走上舞台一样出现在菲奥的视野中。拉科夫紧绷着脸，嘴唇和脖子上都淌着汗珠。他策马径直走向了那排冰凌。

菲奥对所有善于瞄准、想法大胆的圣徒做了一番祷告，随后就把捡到的石头扔了过去，不是冲着那匹马，而是冲着那棵橡树。第一块石头打偏了，悄无声息地落在雪地里。第二块打在一根冰凌的根部，冰凌掉了下去。拉科夫勒住了马，抬头看了看，皱起了眉头。菲奥又扔了一块石头，接着又扔了一块，一次比一次瞄得准。她喘着粗气，用一只胳膊抱着树枝，把身子从树上探了出去。突然一阵咔嚓声，银光四射，三十根冰凌离开了树枝，像暴雨一样落在了拉科夫攥紧的双手和膝盖上，还有他胯下的马上。

马尖叫起来，那是在看到这一连串突如其来的冰冻玻璃时，因慌乱恐惧而发出的惊呼声。它扬起前腿，用蹄子踹着倾泻而下的冰凌，拉科夫恼怒地倒吸了一口气。他紧紧地抓着马的鬃毛，可是马又猛地扬起了前腿，于是他便

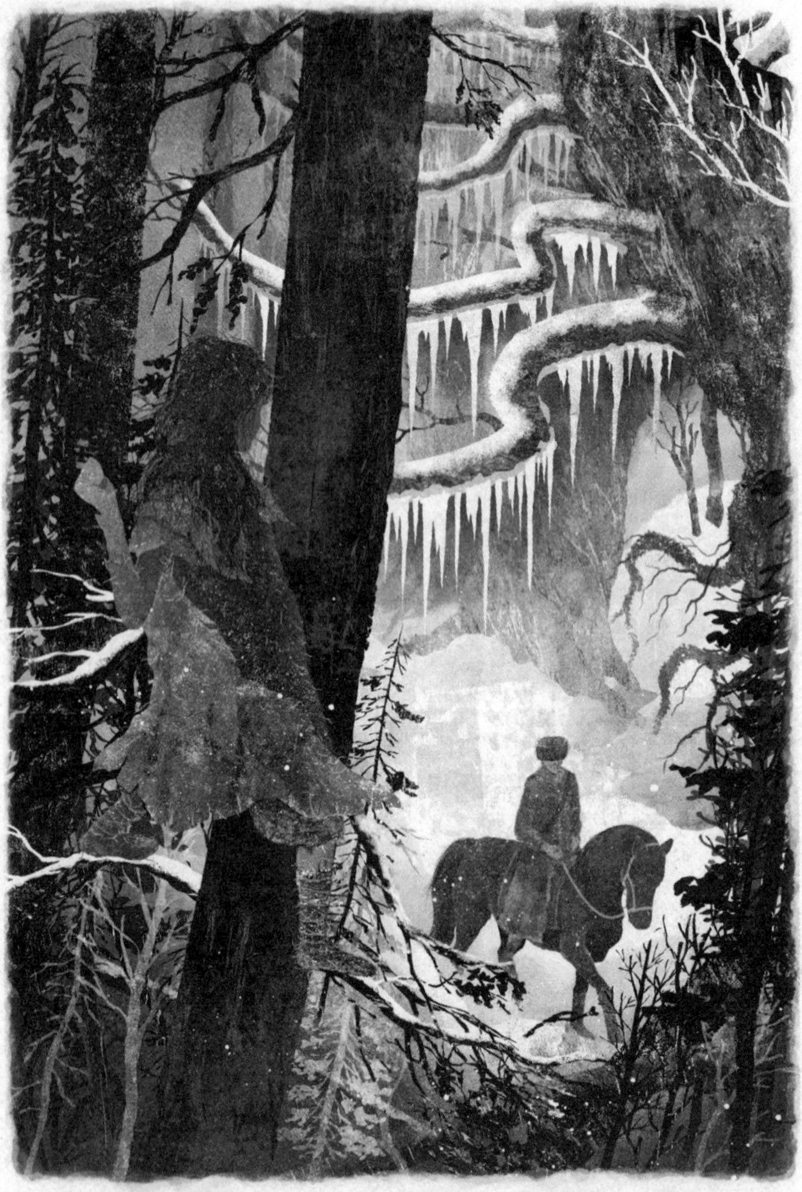

从一侧滑下了马背。随着一声大吼，他跌落在地。马如离弦的箭一样飞了出去，鬃毛上缀满了冰碴子。

没等看一眼拉科夫是否会从地上爬起来，菲奥就从六英尺高的树枝上跳了下来。她在雪地上打了一个滚，吐掉了吃进嘴里的烂泥，还有好像是自己牙齿的东西，然后就朝着黑莓丛的开口处跑去了。她蠕动着身子，两只手趴在地上，匍匐着钻了过去。随后，她从地上爬了起来，尽管空气中依然弥漫着恐惧的气息，但她的脸上还是浮现出了灿烂的笑容。她循着两匹狼留下的足迹飞奔着，疼痛完全被兴奋抑制住了，她一边跑，一边如释重负地喘着粗气。她不断拨开挡在路上的树枝，既没有回头看，也没有朝两旁看，而只是盯着脚下的路。

还没等菲奥看到灰灰，灰灰就看到她了。一认出她，灰灰就发出了呼噜噜的声音，菲奥朝着灰灰狂奔过去，突然她打了一个趔趄，四脚朝天跌倒在地上。四张面孔出现在她的上方，没有毛发的那张脸露出了笑容。

"管用了？"

菲奥坐起身。"意外地管用。"

"他还会追上来吗？"

"我想会的。不过现在不会。"菲奥把手放在大白的鼻子上，感受着它的呼吸。它的呼吸很微弱，但是已经趋于平稳了。"我想它能继续走下去。不过咱们得慢一点儿。"菲奥把腿甩到了黑子的脊背上，"回头我再跟你说，咱们现在最好继续赶路。"

"向圣彼得堡进发！"伊利亚看起来就像菲奥那样感到宽慰，"菲奥，你会爱上那个地方的。"他把狼崽递给她，小家伙在她的怀里蠕动了一阵，然后就被安安稳稳地放在了黑子的脑袋上。"那是一座美丽的城市。"突然，他急切地问了一句："你没事吧？"

"当然没事！"菲奥说道，或者说她在心里对自己说道，因为她诧异地发现自己突然剧烈地直打哆嗦，以至于说不出一句完整的话来。

"你脸色发青。我想你被吓坏了。给你！"伊利亚从裤兜里掏出一把果脯，"吃了这个。"

"我没事，真的。"菲奥含糊不清地说道，她的牙齿上上下下地碰撞着。她使劲儿向下看了一眼自己的下巴。"跟我说说圣彼得堡吧。我得知道那个地方是什么样的。"果脯上沾满了灰尘和裤兜里的绒毛，但是依然很甜。菲奥的脑袋不再颤抖了。

"哦……它很大，金光灿灿的。它是一座很高的城，满眼都是美丽建筑的尖顶。"伊利亚骑上了灰灰,蜷起双脚,"城里还有一个广场,有一个湖那么大。"

黑子跟在灰灰的身后,一步步地走着,在这有节奏的脚步声中,菲奥终于放松下来了。她伸出手,把手搭在大白的脊背上,将它拽到了自己跟前。三匹狼并排地走着,就像一堵由狼毛、狼牙和狼的忠诚修筑成的墙。

"那里的马都带着羽毛装饰,就像芭蕾舞女演员。城里还有剧院,就像宫殿一样,每天晚上都有芭蕾。"

"我们这里没有芭蕾……那不是吃的,对吧?是别的什么东西。"

"是舞蹈!迷人极了,真的。它是一种节奏较慢的神奇的舞台艺术,就像是用脚写字一样。"

"你看过吗?"

伊利亚咧嘴笑了笑,但是没有回答。"城里的大街上还有人卖刚出炉的涂有蜂蜜的黑面包。可讲究了。"

"很好。"菲奥说,她不知道"讲究"是什么意思,不过听上去很美好,"那就继续向前走吧。"

他们上路了。现在他们走得更慢了,大白身后还滴着血,不过他们一直在向着北方前进。

第八章　暴风雪呼啸而来

他们来到一片开阔的地方，天空已经染上了夜晚的色彩，风又开始呼啸了。大白和黑子随着风声一起嗥叫着。

"噢，宝贝儿！"菲奥轻声说。

伊利亚想要唱歌，结果吞进了一大口寒风，于是他乖乖闭紧了嘴巴。

通常狼都对风不屑一顾，不过这一次菲奥感觉到黑子的毛皮下涌过一股忧虑。当他们加速穿过雪海时，菲奥看见一大团一大团的雪在地上团成一个个跟她的脑袋一样大的雪球。三匹狼紧紧地夹着尾巴，皮毛平平地贴在脑壳上。他们奔跑时，大白一直在苦苦地挣扎着，在风中歪来歪去地前行。

"伊利亚，有一股暴风雪的气味。"菲奥说，"眼皮都要冻得睁不开了。"

"有那么……糟糕吗？"

"情况不太好。根本谈不上好。"菲奥向前探出身子，轻轻地朝着黑子的毛发低语着，"现在咱们怎么办？"

风又呼啸而来，菲奥的身子不由得倒向了一边，膝盖骨里也灌进了冷风。风似乎极其愤怒。菲奥突然猛烈地哆嗦了一下，胯下的黑子也随之畏惧地缩了一下身子。

"停下！"菲奥喊道。

"我没干什么啊！"伊利亚说。

"不是你！是天气！"

"哦！"

他们一起大声喊着："停下！"

根据菲奥的经验，寒冷分为五种。第一种是风带来的寒冷，菲奥对这种寒冷几乎没有感觉。这种寒冷通常会大题小作，弄出很大的动静，让你的面颊红得好像被人扇过巴掌一样，可是无论它使出多大的力气都不会要了你的命。第二种寒冷是下雪造成的，它撕扯你的手臂，冻裂你的嘴唇，同时也会给你货真价实的奖赏。菲奥最喜欢这种天气：雪柔和又干净，能让她堆出雪狼。第三种寒冷是冰冻造成的，如果你对自己的手掌不管不顾的话，它就会把上面的皮剥掉，不过你当心的话可能就不会了。它闻起来尖锐、清晰，常常伴随着湛蓝的天空出现，这种天气很适合溜冰。菲奥对冰冻的寒冷充满了敬意。第四种是天寒地冻的寒冷，当冰冻的寒冷继续发展下去，直到某个月的月末，你就会想不起来夏季是否真的存在过，这就是天寒地冻。这种寒冷十分残酷，鸟飞在半空中都能被冻死。它会逼得你穿上靴子奋力踢出一点儿路。

最后一种就是令人睁不开眼睛的寒冷。这种寒冷带着一股金属和花岗岩的气味，它会夺走你脑袋里的一切感觉，把雪吹进你的眼睛，到最后你的上下眼皮就会粘在一起。这时，你得用唾沫揉一揉眼皮，否则你的眼睛就睁不开了。气温降到零下四十度才会出现这样的寒冷。在这样的寒冷中，你一定不要坐下来思考问题，除非你希望到了五六月有人发现你死在了原地。

菲奥只尝过一次这种寒冷的滋味。去年二月的一个夜晚，木屋的墙壁被冻得吱嘎作响，菲奥的母亲用六条毛毯裹着她,五条披在她的肩头,一条裹在她的头上和脖子上。然后,母女俩走出屋子,站在天寒地冻的雪地里,直到菲奥抽搐起来,大口大口地吸着气,玛丽娜才抱起她,走进屋里。

"你感觉到了吗?那种寒冷?"玛丽娜问她。

"当然感觉到了,妈妈。"你根本无法对这样的寒冷视而不见,就像你不可能无视一头骑着狮子的熊,"你为什么要这么做?太疼了。"

"亲爱的,因为我想让你勇敢,但不至于愚蠢。感到空气中就要出现这种寒冷时,你就赶紧躲起来。明白吗?哪怕你的两条腿已经冻得感觉不到还在不在你身上,你也要继续跑着找躲避的地方。要是不害怕令人睁不开眼睛的酷寒那可就太蠢了。"

"可是,胆小鬼才会害怕。"菲奥说。

"不,菲奥!胆小鬼是懦弱。任何有脑子、有眼睛、神经正常的人都会感到害怕。"

"可是你一直叫我勇敢一些!"

"没错。你不必任凭恐惧支配,你只需要听听它怎么说。宝贝儿,不要藐视恐惧,世界可比这种感觉复杂多了。"

不过此前天气似乎一直站在菲奥这一边。此刻天气变了。这是一种新情况。当灰灰突然朝黑子撞过去，两匹狼撞在一起时，伊利亚大喊了一声。

"这可不妙！"他喊道。

菲奥心想，至少那些当兵的也经历着同样的天气。"没准儿这天气能冻死他们，毕竟他们都老了。反正比咱们老。"她大声说着。这个念头给了她一丝安慰。玛丽娜总是说："现在就是你最顽强的时候。孩子是世上最坚强的生灵，他们无比坚韧。"

风又刮了起来，刮得更猛烈了，白雪覆盖的大树枝朝他们砸下来，将三匹狼分散开了。菲奥的膝盖在黑子身体的两侧夹得更紧了。

伊利亚喊道："咱们得停下！"

"没地方可停！"风在菲奥的舌头周围飞旋着，卷走了她嘴里的唾液。唾液还没落地就被冻住了。

"咱们能搭个窝棚吗？"伊利亚大声说道。

菲奥的整张脸都感到刺痛。"在哪儿搭？"他们脚下的这块地方到了夏天就是一个大湖，眼下湖面上覆盖着十英尺的冰和半英尺的雪，根本找不到可以躲避的地方，就连过路的驼鹿都看不到。

"这应该是你最擅长的事情啊！"

在暴风雪中很难做鬼脸，风会使劲儿让你的眉毛挪来挪去。尽管如此，菲奥还是使劲儿挤出一个鬼脸。"好吧！咱们就搭一个窝棚！把雪堆起来——雪可以让咱们暖和起来！"她明白对于眼下的情况而言，"暖和"这种说法其实介乎极端乐观和妄想之间，可是伊利亚看起来已经有些惊慌失措了。菲奥手忙脚乱地从黑子的背上爬下来，飘扬的头发完全挡住了她的视线。

"怎么搭？"伊利亚说的话不止这些，可是在大风中菲奥一句也听不清。菲奥用手比划着，让他仿照她的样子，动手把一大捧一大捧的雪团成一个大雪球。他们一起在湖上滚着雪球，用后背和膝盖顶着它，再借助风的力量向前推着。滚雪球的时候，菲奥凝固的血似乎解冻了，她和伊利亚很快就冒起了汗。他们抱着满怀的松散的积雪跑了一趟又一趟，不停地给雪球堆上更多的雪，直到雪球变成一座小雪丘。

三匹狼看着他们，显然对他们的努力无动于衷。灰灰站得有些远，就像鉴赏家那样时不时地在狂风中嗅一嗅。

现在，雪球变得跟柴棚一样宽，跟小巨兽一样高了，两个孩子在雪球后面蹲了下来，躲避着寒风。菲奥把后背和屁股挤进了雪丘里，伊利亚模仿着她，把自己的身体扭成了一个宝座的样子。呼啸的风渐渐变弱了。欣慰感压倒了一切,菲奥和伊利亚足足喘了一分钟的粗气,看着对方冻僵的脸哈哈大笑起来。他们意识到如果在雪墙上挖个洞,把脑袋放进去,风声就会小得足以让他们聊天了。菲奥从背包里掏出狼崽,非常温柔地用手掌捂在了它的耳朵上。

"我不想让它变成聋子,可是它需要呼吸点儿空气。"她说。

"空气足够它吸了,这是绝对的。"伊利亚说。

菲奥又从背包里取出一个苹果,轻轻地擦掉了苹果上的冰。"给你,你先咬一口。"她说。

两个人你咬一口,我咬一口,直到只剩下一个苹果核,然后伊利亚像狼一样嚼了三下就把苹果核吃掉了。菲奥看呆了。

"在军队里你得学会用非常快的速度吃饭。"伊利亚说。

三匹狼都把耳朵贴在脑壳上,把脑袋埋在两条后腿中间。大白的身体上上下下剧烈地起伏着,菲奥轻轻抚摸着它的耳朵,可是它忽然咔哒咔哒咬起牙齿,菲奥只好退到了一旁。

伊利亚倒抽了一口气,随即缩进了他们的冰雪小窝里。"刚才它咬你了吗?"他的眼睛睁得大大的。

"没有!它只咬到一点点。"菲奥极力摆出笑容,可是这太不寻常了,大白竟然会这么暴躁,"它是狼,不是小猫,这你也知道。"

"是的,我知道。"

"它累了,没别的。"菲奥把斗篷的帽子罩在头上,"咱们得进林子去,在那里它才能睡着。"

"可是,哪条路是通往圣彼得堡的?"指南针的指针在风中徒劳地旋转着。

"我觉得……是那边。"菲奥几乎就是在瞎猜,"我觉得那边不远处就会有树林了。咱们可以生堆火。"雪抽打着她的眼睛。

"咱们会不会……我是说——你可别把我的话当成批评——可要是走错了路,咱们会被冻死吗?"

"我不知道!伊利亚,我没有在这种风雪天里出过门。你把做驯狼人跟没头脑这两件事情搞混了。"

就在菲奥说话的时候风又小了一点儿,他们听到了一个之前没有听到过的声音。惊愕之下,伊利亚打了一个嗝,随即一把捂住了自己的嘴巴。菲奥把狼崽藏到自己的头发里,两个人你看着我,我看着你。

"是……笑声吗？"伊利亚说。

"也许是风声。"然而那不是风声，它又出现了，是喉咙里发出的声音。菲奥想到了拉科夫和他的笑声。雪地上是一个士兵的身影，还是一棵树？

"那边！看，狼已经闻到了！"菲奥把狼崽塞进衬衣里，侧着身子从冰雪窝棚里钻了出来。风迎面扑了过来。

她手忙脚乱地爬起来，三匹狼立即跑过来，一起迎风站在她的身前。伊利亚躲到了菲奥的身后。灰灰咧开了嘴，雪吹在它的脸上，把它的牙齿全都裹住了，它的口水不住地往下滴着，脖颈上的毛也支棱着，但是它就以这样的姿势站着。

一个身影在风中挣扎着朝他们走了过来，似乎还嚷嚷着什么，可是他们根本听不见。

菲奥用两只手把刀举在身前。"就是这样，"她在心里念叨着，"他来了。"

那个人的一只手里甩着一个黑乎乎、软绵绵的东西。菲奥迎风眯起眼睛，看上去那个人的另一只手里还拎着一把斧头。根据她的了解，士兵不用斧头。她又看到那个人的外套似乎是用一条条松鼠皮凑成的，松鼠皮也不是士兵的装束。

菲奥感到一阵释然,她都想蹦起来了,但她只是隔着旷野冲对方喊道:"你是谁?"风带走了她的声音,她又问了一遍:"谁?"这一次她几乎是在吼叫了。

对方的回答也被风刮跑了,不过菲奥心想那张越来越靠近的脸看上去还不错,年轻、从容。对方隔着旷野使劲咧开嘴,冲他们笑了笑。尽管自己的嘴唇上挂着冰碴子,菲奥还是冲对方露出了淡淡的笑容。

"你要干什么?"她喊道。

"需要帮忙吗?"对方也冲她喊道。那个人已经走得很近了,她终于看清了他是一个男孩,跟成年人一样高。尽管他的身上落满了雪,菲奥还是看出他几乎比伊利亚大不了多少。他的模样令人吃惊,一定程度上是因为他瘦骨嶙峋的身板,不过最重要的还是当他从雪地上抬起脚的时候,菲奥看到他只穿着袜子,没有穿鞋。

"迷路了?"男孩大声问道。他肯定注意到了灰灰的目光,因为他没有继续往菲奥跟前凑,而是在距离她五英尺的地方站住了。

"没有迷路。是太冷了!"菲奥喊道。

"不奇怪!"男孩又喊道,又一团飞速而来的雪扑打在他们的脸上。他拎起手里提的东西示意了一下。菲奥这次看清楚了，一只寒鸦。"需要帮忙吗？"

"要是你能帮忙，那就太感谢了。"伊利亚热切地说。

菲奥的脊柱已经冻僵了，不过她还是尽力点了点头。暴风雪会让绝大多数人变得很狼狈，可是这个男孩似乎丝毫不为暴风雪所动。他的头发黑黝黝的，被风吹得乱糟糟的。

"那就快点儿吧！"他喊道。他走到跟前，眯起眼睛打量着他们。他指了指灰灰，又指了指大白。"狗？"

菲奥耸了耸肩，要是你愿意的话，你完全可以把这个耸肩动作理解成点头。

男孩抬起头，冲着天空张开了嘴。"赶紧吧！天气越来越糟糕了！"

"我们可以骑……"伊利亚刚开口，菲奥就用胳膊肘在他的肚脐上捅了一下，他立即闭上了嘴。

"没错，来吧！"男孩说。

"你，抓住我的外套，"男孩说着把衣角递了出去，"准备跑吧。快点儿。"突然他似乎又想到了什么，便指了指自己的胸脯："阿列克谢·加斯特维斯基！"

尽管在风中，尽管寒气盘缩在肚子里，菲奥还是立即注意到这个男孩专横得令人咋舌。她看了看周围的空地，

III

她胸中不安的感觉越来越强烈，可是她似乎没有选择的余地了。

"走吧！"阿列克谢说。他半弯着腰在风中跑起来。伊利亚脸色苍白，脸上粘着星星点点的冰碴儿，眼睛倒是亮晶晶的。

风挡住了菲奥的视线，她跟着阿列克谢跑着，三匹狼紧随其后。每过上一阵子，灰灰就用鼻子碰碰菲奥的膝窝。

菲奥只知道他们正穿过一片摇摇晃晃、吱嘎作响的大地，慢慢地朝着西北方跑去。十分钟过后，她的眼睛和肺都冻成了冰，两只脚却像着了火。她不禁想到死亡难道不更舒服一些吗？就在这时，白茫茫的世界里出现了几个黑影。

"那些是岩石吗？"伊利亚问道。至少菲奥觉得他在说话，尽管那个声音已经被风刮走了。

"不！是房子！"阿列克谢说。

其实不是房子，房子已经是过去的事情了。以前七座远离大路的房子围成了一圈，房前还留出了一片菜园，但现在这一片房舍全都被烧毁了，只留下残垣断壁。飞旋的风中夹杂着煤烟。

突然又一股暴风雪呼啸而来,从身后推得他们跌跌撞撞地向前扑。伊利亚双膝一软,跌倒在了雪地上。菲奥把他拽了起来。

"小心点儿!"阿列克谢说。他露出一个满怀歉意、悄无声息的笑容,接着朝前指了指。"加油!已经很近了!"

他们小心翼翼地走在瓦砾堆和积雪上。地板上散落着摔碎的陶器和一把锡壶,锡壶上有一块脚印形状的凹陷。黑子在四处走来走去,一边走,一边低声吼叫着。

菲奥在心里嘀咕着,这里有一股毁灭和辛勤劳作泡汤的气味。

阿列克谢示意他们继续往里走。二十步开外有一座顶多跟棚子一样大的石头房子,房子上有一扇窗户,从烟囱里冒出的烟看上去干净而悠然。

"过来!瞧,石头烧得不算厉害。这是我姐姐住的地方。"男孩靠在墙上,在石板屋顶的庇护下喘着粗气,一边还咧嘴笑了起来,"进来啊!你们还在等什么?"

三匹狼面对着房子,满腹狐疑地嗅了嗅。黑子吼了一声,阿列克谢睁大眼睛,盯着菲奥看。事实上这一声并不是怒吼——吼声中透着警觉和疲惫——不过菲奥觉得如果你不知道二者的区别,那么这个声音听起来还是挺可怕的。

"我不确定里面能不能容得下三只狗,"阿列克谢试图摆出一副无动于衷的样子,不过并没有成功,"也许,应该让发火的那只待在外面?"

菲奥点了点头。她清楚反正灰灰不会进屋,黑子也不会,因为房子仍会让它们想起原先被囚禁的生活。但是大白的伤口仍在大量渗血。

菲奥亲了一下黑子,冲着灰灰打了个招呼,然后对大白说:"大白!你得进屋。你的伤口必须清理了。"

黑子抵在墙根,闭上了眼睛。但是灰灰掉头就走,重新回到了暴风雪中,最后在几座烧毁的房子中间卧了下来,在那里它可以看到大路。它让鼻子朝向北方。

"来啊,大白!"菲奥拉着大白的颈毛,"咱们需要找个地方躲一躲!"大白一动不动,菲奥只得用腋窝夹住大白,把它往门口拖去。大白龇着牙咆哮起来,但是没有咬菲奥。

阿列克谢敲了敲门,菲奥走到门口的时候一个年轻的女人打开了门。那个女人一侧的胯上吊着一个婴儿,另一侧挂着一杆猎枪。

"他们是谁?"她一边问阿列克谢,一边朝着菲奥点了点头,菲奥仍旧用胳膊紧紧地夹着大白。菲奥极力露出可爱的笑容。她怀疑这个笑容的热切程度超出了她的本意。

"我不知道,我在像冰雪城堡一样的地方发现了他们。我喜欢他们的模样!快点,姐姐,他们得烤烤火。"

女人看了看菲奥的眼睛,又看了看伊利亚的眼睛,然后叹了一口气:"进来吧。"菲奥拖着大白从她身前经过时,她扬了一下眉毛,但什么也没有说。菲奥发现她的脸跟阿列克谢的十分像,漂亮立体的五官和分明的棱角一模一样,只是相较于阿列克谢激情洋溢的脸,年纪大一些,也更柔和一些。

屋子里暖融融的,风声虽然没有彻底消失,但小了很多。菲奥抹掉了眼皮上的雪,朝四下里打量着。

家具都堆在角落里,有的被烧过,散发出一股木炭味,不过它们本身很漂亮。炭火上方的铁钩子上吊着一壶水,壁炉大得能让一个人站在里面。阿列克谢把寒鸦丢在了火苗旁。菲奥浑身上下都感到了刺痛,她的身体在温暖的空气中复活了。这个房间有一股安全、温柔的味道。

阿列克谢冲着他们咧嘴一笑,把他们推到了壁炉跟前。伊利亚开始解鞋带。

"好啦！"阿列克谢说，"这下咱们可以好好聊一聊了！最好不要在暴风雪中聊得太多，雪会钻进你的嗓子眼里。有一次，我叔叔的扁桃体就被冻住了，啪的一下就断掉了。千真万确。"

"阿列克谢！"那个女人呵斥道，不过她的脸上带着笑容。

阿列克谢安静地笑了起来，说道："你们叫什么？这是萨沙，我的姐姐。"

就在他说话的时候，一大块积雪从伊利亚的军装大襟上掉到了地板上，露出下面的灰色制服——制服是用煮过的、去除了绒毛的羊毛做成的，以及斜过胸前的皮带和金色的纽扣。

惊恐之下萨沙的脸猛然沉了下去。"阿列克谢，你这是干的什么好事啊？"她摸起猎枪，用抱着宝宝的双手试图扳上扳机。

"怎么了？我什么也没干啊！"突然阿列克谢看起来小了很多，更像是一个还在上学的小男孩。菲奥迷惑不解地朝左看了一眼，又朝右看一眼。

"你把一个当兵的领回家了？你带着死神回家吃晚饭？"

"不是的！"伊利亚说，"我跟他们不是一伙的！"刚才他还在笑话阿列克谢，脸上挂着笑意，可是这时他的笑容突然凝固成了痛苦。

"滚出去。离我的孩子远一点儿！"

"我绝对不会……谁都不会。我是说，你有孩子……"他收住了嘴。

"离开这里！"女人说，"我发过誓，只要是当兵的，我看见一个烧一个。"

伊利亚不住地摇着头，没等菲奥拦下他，他就已经转过身，朝门外走去。两行泪滑落到下巴上。

"别这样。你看一看！"菲奥说。她跑到伊利亚跟前，一把扯着他转过了身，面朝那个女人。她拨开盖在他前额上结了冰的头发，好让那个女人看清他嘴角上的机敏、眼睛里的善良。"瞧啊，看一看他的脸！他是受过军队的训练，可是现在……"她心想，现在他加入了狼群。他在学习如何让自己恢复野性。

"萨沙，他们不是危险人物，"阿列克谢说，不过他的脸上已经泛起了红晕，"我跟他们说他们可以来这里。我告诉他们你不会介意的。"

"是我爸爸逼我当兵的，他说我要是不去上军校，就得当叫花子。他撒了谎,告诉他们我十五岁了。其实我想做一个……"伊利亚不愿意继续说下去了,他把两片嘴唇咬在一起。

"不。"那个女人还是没有放下枪,"阿列克谢,自从一切……"

菲奥用两只手抱住那个女人的手肘。"求求你了。有人——就是米凯尔·拉科夫将军——在找我,因此……我需要帮助。"她需要有人——比她年纪大的人,对这个世界有所了解,而不只有凭空猜想的人——告诉她一切都会好起来的,"求求你了。"

"拉科夫将军?"

"是的。他把我妈妈抓起来了,虽然她什么也没有干。现在他又来追捕我了。"这样说似乎太耸人听闻了,她皱了皱眉头,又难为情地咧嘴笑了笑,"大概是这样吧。"

女人盯着他们,悲伤地看了他们好一会儿。终于,她把枪放下了,不过仍旧抱着宝宝。"那就把你们的斗篷给我吧。"菲奥看到她的两只眼睛下面都有一大片深色的色斑,几乎占了半张脸。"给我啊,别一脸担心,我会还给你们的。得把斗篷弄干。"

"谢谢你!"伊利亚的声音和菲奥的声音撞在了一起,

"太谢谢你了!"他们解开斗篷,肩并肩地站在一起,抬头看着那个女人。

"跟我讲讲出了什么事。"

"我们要去圣彼得堡。"菲奥说。这算不上是在回答萨沙的问题,她提醒自己尽量少说一点儿。她希望伊利亚也能这样,倘若他做不到的话,她或许会轻轻地踩他一脚。

菲奥继续说着:"雪一小下来我们就要继续赶路。"接着她小声对伊利亚说:"咱们离门口近一点儿。以防万一。"然后又提高嗓音:"来,大白,坐到这里来。"

"每个人都应该坐下。我们没有椅子,不过我们有质量最好的俄国土地板。你们站在上面纯粹就是不懂得利用它。"阿列克谢说。

菲奥坐下了,大白靠在她的肩头。大白的呼吸很急促,菲奥轻轻地抚摸着它,让它尽可能舒服地朝未受伤的身体一侧躺下来。

"你的狗出了什么事?"萨沙问。

"是拉科夫。已经不是第一次了,而是第二次……说来话长,简单说就是拉科夫造成的。你们这里出了什么事?"菲奥说。

阿列克谢把两只手伸到火苗上方烤火,似笑非笑地说:"拉科夫造成的。当然,不是私人恩怨。"他扭过身子,让手肘靠近火苗,"他派了十几个人来,把我们团团围住,说我们只有一个选择:要么跑,要么被打死。"

"什么?"菲奥说。伊利亚只是叹了一口气。

"大部分人都逃到邻村去了。萨沙没法跑,她丈夫不在身边,瓦尔瓦拉又发着烧,于是我把他们藏了起来。我们的爷爷以前在这里养马。拉科夫他们上这儿来都是我的错——算是我的错吧。"

"为什么?"菲奥和伊利亚异口同声地说,"有人受伤吗?"在伊利亚挪到自己跟前时,菲奥用胳膊拦住他,挡住了他的纽扣,以免萨沙和她的孩子看到。

"是的,受伤了,不过这一次没有死人,只死了一些动物:十一只猫和一匹马。那匹马是他们开枪打死的,猫是被烧死的。"

"烧死猫?"菲奥说。她骂出了自己能想到的最难听的一句脏话。

伊利亚点了点头。"这就说得通了。"

所有人都扭过头瞪着他。"你想不想……好好解释一下?"萨沙说。

"兵营里的人总是说他喜欢火。拉科夫说最能让人感到恐惧的莫过于让他们看着自己心爱的东西被化为灰烬。"

"以前这里是一个仓库,放着十几麻袋白糖。这里被烧后,白糖就变成了太妃糖。这是他们唯一没能烧成灰的东西,我们一直在吃它。你会惊讶地发现,自己居然那么快就吃腻了。"阿列克谢说。

萨沙笑了笑。她的笑容里有一多半是疲惫,还夹杂着一些难过。

"这是什么时候的事情?"菲奥说。

"两天前。"

所有人都陷入了沉默,各自想着心事。

过了好一阵,菲奥说:"我能抱一抱你的宝宝吗?"这似乎是改变话题的好办法。以前她从来没有真正见过人类的婴儿。那个孩子重得令人吃惊,脑袋耷拉着,让人有些担心,不过摸上去热乎乎的。头发就像狼毛一样柔软。

"你好。"菲奥说,"你好,小崽崽。"她用自己的鼻子轻轻地摩挲着婴儿的鼻子。萨沙盯着她,似乎不太愿意看到这一幕,不过她没有过来阻止。

婴儿叫唤了起来,不是嗥叫,而是像小猫一样喵喵地叫着——这是小宝宝正在考虑要不要号啕大哭时的叫声。

无独有偶，刚出生的狼崽也是这样叫唤的。

菲奥感觉到狼崽在她的衬衫里抽动起来，马上就要醒了。它胡乱地扒拉着，爪子抓到菲奥的皮肤时，菲奥不禁皱起了眉头。终于，狼崽的鼻子在她的下巴底下露了出来。小宝宝又喵地叫了一声，狼崽也喵地回应了一声。

"这是我的另一只……狗。"菲奥一边说，一边指了指那个湿漉漉的长鼻子。

萨沙的目光从自己的孩子身上移到狼崽身上，然后又移到孩子身上。

菲奥说："它没事的，我保证。它还没有出牙，所以咬不了人，也不会在宝宝身上或者别的地方撒尿。大概不会的。"

狼崽嗅着空气，胸腔里发出了呼噜噜的响声，这几乎是它最大限度地尝试着嗥叫了。这时它看到了小宝宝，有些惊恐地轻轻叫唤了三声，听上去就像小狗的叫声。

菲奥哈哈大笑起来。她把小宝宝放在自己的大腿上，让他靠着自己的肚子，然后把狼崽从怀里掏了出来。"宝贝儿，这只是个小宝宝，人类的小宝宝，明白了吗？嘘，求求你了！咱们可是客人。"她说。

她把狼崽放在小宝宝的面前。两个小家伙互相闻了闻，狼崽舔了舔小宝宝光着的小脚，小宝宝开心地尖声叫了几声。菲奥感觉自己已经很久没有听过这么美妙的声音了。她垂下头，头发在两个小宝宝的头上摇曳着。她轻轻地为他们唱起了歌。

萨沙望着他们，既没有笑，也没有不满。

"它很干净，没有虱子，也没有跳蚤。我很确定，因为它基本上一直都待在我的衬衣里。看，真的没有跳蚤咬痕。"说着菲奥便撩开自己的衬衫，把肚皮亮了出来，的确没有。她指着小宝宝，说："他已经能吃了吧？"突然，她意识到这个问题听上去太古怪了，脸颊不禁涨得通红。"我是说吃东西，不是被吃！"

"她是女孩。"萨沙说，"她叫瓦尔瓦拉。没错，她能吃东西了，不过现在我只喂她奶。我们手头已经没有多少吃的了。"

萨沙的嘴巴和眼睛都绷得紧紧的，当人们好些天都颗粒未进时就会露出这样的神情。菲奥了解这种神情，她在从自己家门口路过的流浪者的脸上看到过。人是不会忘记这种神情的。

"婴儿应该吃什么？"伊利亚问。

"面包泡牛奶，还有水果。"萨沙说。

"我有一些面包！"菲奥说，"还有几个苹果。咱们可以把这些东西烤一烤，再捣成糊糊。这样会不会营养过度？我是指对宝宝来说。"

"不。"萨沙说。她第一次露出了真正的笑容。她把手搭在自己的额头上，仿佛有些晕眩，"这太好了。"

"我们能用面包跟你换一些牛奶吗？给小崽崽喝的。就一小勺。"

"可以。可以，我——当然可以。"

"那就给你吧！"菲奥倒拎着背包，"六个苹果！要是把这几个苹果直接放在你的水壶里，它们就会变成苹果粥，以前妈妈这么做过。我还有一点儿奶酪，配上苹果很好吃，有一股夏天的味道。还有巧克力，从秋天以来就一直装在这个背包里，可能已经有点儿麻袋味儿了。"

"孩子，你不必这样。"萨沙说。不过她看上去突然变得亲切了，也年轻了。

"应该，她就应该这样！"阿列克谢说。

"没错，说得没错，我应该这么做！"菲奥说，"动物就是这样的，它们一喂就是一群。"

伊利亚做了一个鬼脸。他跪在地上，把嘴巴凑到菲奥的耳边，喷着热气小声对她说："咱们得给自己留一些，不知道过多久咱们才能再搞到些吃的。"

菲奥的脸红得发烫了。慷慨到一半而不能继续下去的时候，真是让人有说不出的尴尬。"咱们没事的。"她改变了话题，"那些当兵的为什么上这儿来？跟我没有一点儿关系，对吧？"

"跟你？没关系！怎么会呢？"阿列克谢磨起了刀，磨上几下就用刀戳一戳在沸水里冒着泡的苹果，"我得让刀保持锋利，以免他们再上这儿来。他们烧了我的鞋，还烧了我的书。我试图保住这些东西，尤其是书。我知道他们不喜欢别人读马克思的书，可我还没有看完，而且我听说最后的部分是最精彩的。在你还不知道结尾时就把书从你手里抢走，这简直惨无人道。"他说。

"可是为什么呢？他们……"菲奥努力摆出一副大人的腔调，"喝醉了？"

"老天保佑，不是那么回事。因为我们的小阿列克谢专门跟沙皇作对。"萨沙说。

"真的？你确定？"菲奥惊讶极了，"这看起来……太不可能了。"

"跟沙皇作对的人，"伊利亚说，仿佛是在背书，"他们是政府的敌人。我在哪里看到过这个说法。"

"噢！他们也是这样说妈妈的。"菲奥心想，这样的话我也算是在跟沙皇作对。但她没有把这句话说出口。

"没错！"阿列克谢说，他戳了戳水壶里的苹果，"对于这一点我很自豪！沙皇或许并不残忍，但是他很愚蠢——蠢在内心，这才是最糟糕的。我读到过：这是智力低下的表现，也是治国无能的表现。"

"治国——"伊利亚一边说，一边表示明白地点着头，他坐在地上朝阿列克谢挪过去了一点儿，"根本不行。"阿列克谢重重地在伊利亚的后背上拍了一巴掌，这让伊利亚的脸红得就像菲奥的斗篷。

"完全正确！我们得改变这一切。"阿列克谢掰下一块奶酪，给小宝宝喂了一点儿碎末，"只要我们能……"

萨沙哈哈大笑起来，从阿列克谢手里接过奶酪。"不要谈论政治！"

"在家的时候，要是妈妈留下过路的人吃饭，他们就会说起沙皇。这时我就可以说'不吃了！'，然后起身离开餐桌。"菲奥说。

"但是这很重要！"阿列克谢说，"这不光是政治，也是生命！"

"更像是死亡吧。"萨沙说，"别说了，至少这会儿别说了，阿列克谢，你保证过，只要当兵的一来你就停止。可怜可怜你的姐姐吧。我希望你不会被捕，平平安安地过完十六岁生日。求求你了。"

阿列克谢没有理会姐姐。他朝后靠了过去，头发几乎碰到了火苗。他聊着农奴、革命、对犹太人的迫害和一位叫马克思的人，听得菲奥的耳朵嗡嗡作响。阿列克谢的语速比菲奥见过的任何一个人都要快上一倍，他一边说一边不停地扯着自己的头发，直到头发噼噼啪啪地起了静电。伊利亚时不时地插一句嘴，小宝宝咯咯笑着跟狼崽滚在一起，暴风雪呼啸得愈来愈猛烈，而阿列克谢一直不停地说着，说得比风更猛烈、更快，听得人头晕眼花。

突然，他意外地停下了，咧开嘴，吸了一口气，仿佛参加过一场赛跑。他嗅了嗅。"闻起来苹果已经熟了，是不是，萨沙？"

萨沙笑了笑，又冲着阿列克谢摇了摇头，然后从壁炉上的架子里取下几个碗。

"比正义更重要的东西，"阿列克谢说，"就只有食物了。"

"午餐我们吃得很饱,只要一点点就够了。"菲奥没有说实话。

苹果又甜又热乎。萨沙拿来几大块烧焦的糖,他们就用糖块当勺子,舀着烂糊糊的苹果吃。菲奥狼吞虎咽地吃完了自己的那份,结果接下来的十分钟她一直在撕扯上腭脱落的皮。她把面包也全都贡献了出来,和伊利亚一起用烤软的奶酪做了几个三明治。之前除了雪,他们没有吃过任何东西,现在对他们来说三明治的味道实在妙不可言。

菲奥摇醒大白,把自己的半块三明治递给它。大白一直很喜欢奶酪,慢慢地嚼着,似乎重新拥有了勇气。奶酪一向有这样的疗效。大白走到阿列克谢跟前,闻了闻他的脚。他一下子就僵住了。

"它咬人吗?"

"其实现在我也不清楚了,"菲奥实话实说,"它以前从来没有一下子见过这么多陌生人。"

大白没有吼叫,它看上去身体暖和了,很疲惫。"它不会咬人。大概不会吧。"菲奥又补充道。

大白伸出了舌头,去触碰阿列克谢的脚踝,他不禁倒抽了一口气。随即,大白舔起了他的脚趾。

阿列克谢说:"痒死我啦!"不过他的脚一动不动,表

情中充满了敬意,至少在菲奥看来是这样的。她冲阿列克谢咧开嘴笑了。

"那里有血——它没事吧?"

"我不知道。"菲奥咬着嘴巴里面,"我想它有事,可是我也不知道该怎么办。"

"你们有绷带吗?"萨沙问。

"没有。只有自己的袜子。"伊利亚说。

"不用了,穿着吧。"萨沙说。她坐在家里唯一的一把椅子上看着他们,狼崽和小宝宝稳稳当当地坐在她的大腿上。狼崽用爪子托着小宝宝的手,满心欢喜地看着。"你们用得着袜子,它们对出去冒险很关键。"

"你怎么知道我们在……"

"我就是知道。不过,至少你可以为它清理一下伤口。阿列克谢,我的毛巾在那边,就用我的毛巾吧。"

菲奥的斗篷在火苗跟前冒起了水气。那股气味,而不是那幅景象,让她突然有了灵感。"我们把斗篷的下摆裁下来,能行吗?我知道不该用丝绒当绷带,可是总比什么都没有强一些,对吧?"

处理大白身上的枪伤花费了将近一个小时。大白安静

地躺在那里，他们三个人轻轻地擦掉了粘在它身上的冰碴儿、树皮和尘土。大白叫唤了一两次，每一次伊利亚和阿列克谢都一下子向后蹦去，两个人的脑袋撞在一起。菲奥给丝绒绷带打了结，她的手感觉得出大白每一次的抽搐都意味着什么，知道什么时候要拉紧些，什么时候要松一点儿。清理完伤口后，大白的后半截身子严严实实地被包裹在红丝绒里了，它站起来比之前稳当一些了。

"看上去干得不错。相对于这么小的年纪，你的这双手很成熟。"萨沙说。

这一刻菲奥觉得自己并不小，不过她还是开心地笑了。在温暖的刺激下，她的大脑又复活了。"我们也可以用这个办法给阿列克谢做一双鞋吗？"

"可以啊！"阿列克谢说，"你们会做吗？"

萨沙笑了，却摇了摇头。"鞋必须防水。"

伊利亚清了清嗓子。"你们有炒菜用的油吗？"

"我似乎记得哪里还有一个罐子，里面还有几勺油。大部分油都被烧掉了。"萨沙说。

"肥皂呢？"

"我有一点儿，"阿列克谢说，"我可以不洗澡，大冬天的谁会真的需要洗澡啊。怎么了？"

伊利亚说："嗯。如果你把油和肥皂，还有灰烬混合在一起，就有了防水的混合物。"看着菲奥惊诧的脸庞，他接着说："有一次我读了一篇小说，主人公就用这样的方法做了一个斗篷。咱们可以给丝绒涂上这东西，再把丝绒拧成三股绳那么粗。这样总比什么也没有好。"

编丝绒鞋比扎绷带花的时间还长，一定程度上是因为他们往阿列克谢脚上缠丝绒的时候，阿列克谢始终不能安安稳稳地坐在那里。不过，等到把阿列克谢的脚完全裹起来后，效果竟然出奇地好。菲奥心想，这双鞋看上去就像是一双巨大的黑红色丝绒棉拖鞋。

阿列克谢在月光下绕着房子跑了一圈，试了试新鞋，跑回来的时候咧嘴笑着。"不漏水！"说完他在菲奥的背上拍了一巴掌，然后又拍了伊利亚一下，"咱们又多了一分，拉科夫不得分。"

睡觉的时候，谁都没有换衣服——谁都没有衣服可换。萨沙捋了捋瓦尔瓦拉稀疏的头发，又捋了几下菲奥的头发。菲奥把头发编成了麻花辫，将辫子绕着脑袋盘了一圈，最后用刀固定住。刀上套着鞘，很安全。

"很好看。在圣彼得堡，他们会说这是很时髦的发式。"萨沙说。

伊利亚笑了起来："这个发型表示这个人很可能会杀了你。"

小宝宝被放进小床的时候轻轻地哭了几声，小床其实就是一个铺着兽皮的抽屉。阿列克谢已经很长时间没有再说起沙皇的事情了，于是他唱起了歌。那是一首讲述俄国农民的老歌，他的嗓音让菲奥想到了山冈。伊利亚侧耳倾听着，将下巴放在膝盖上，眼睛紧紧地闭着。在菲奥看来，他甚至停止了呼吸。

菲奥还醒着，在毯子里不停地扭动身子，她睡不着，尽管两个男孩的鼾声已经在房间里响了几个钟头了。风停了，屋外的雪看上去很温柔，且又熟悉。她拿起萨沙给她的厚毛毯和剩下的一点儿炖苹果，又从火堆里抽出一根还在燃烧的树枝，然后往斗篷的帽兜里装满了柴火。

黑子等在原地，灰灰一动不动地躺在几米外的地方望着大路和北方。菲奥把柴火堆在地上，用那根还在燃烧的树枝把它们点着。黑子一下子闪到了一旁，但当菲奥喂了它一点儿苹果酱，并且用毯子把它和灰灰的身子擦干后，它才慢慢放松了一些。它轻轻地在菲奥的膝盖上咬了一口，又嚼了嚼她的头发。菲奥钻进毯子，躺了下来，她的脸距离木炭渣只有几英寸。黑子踱着步子来到她跟前，横着压在了她的腿上。没有什么毯子能比一匹狼更暖和了。她点燃的那堆火散发出了一股气味，那是火焰点着了夜晚的空气，空气中还掺杂着冰霜和狼的那种熟悉的泥土味，让人感觉仿佛是在呼吸着希望。菲奥躺在那里，尽可能地保持着清醒，最终，她听着火苗的旋律和黑子的呼吸声，进入了梦乡。

第九章　我们可以改变全世界

第二天清晨，菲奥被大白唤醒了。狼是尽职尽责的闹钟，菲奥没有选择，只能趁还没有被大白的口水淹没时，赶紧坐起身。

"好啦！我醒了。我起来了。"她揉着眼睛，推开了大白的舌头，那条舌头正试图往她的鼻孔里钻。

阿列克谢站在远处看着他们，他的表情看上去很陌生，充满了坚定，还有一种类似敬意的神色。

"给你。"他递给菲奥一杯热气腾腾的东西，另一只手里抱着狼崽,胳肢窝里还夹着一把斧子。"白色的那只刚才在抓门。我出去砍柴了。"他低头看了看灰灰,看着它耷拉下去的肩膀、发黄的眼睛和精致的耳朵。

"这可真不像狗的举动。"见菲奥没有吭声,他又接着说,"那是一匹狼,对不对?"

菲奥慌忙从地上爬了起来。她憋出一副目中无人的腔调,想要吓唬一下阿列克谢。"你怎么会这么想?"

"伊利亚无意中提到了。萨沙很不高兴,她习惯用摔破东西表达不满,所以我就出来了。现在我终于知道你是谁了。"

菲奥忙着照顾大白,她检查了一下丝绒绷带,摸了摸大白的鼻子。听到阿列克谢的话,她一言不发。

"你就是拉科夫的人正在找的那个女孩。我是说,我猜你可能是那个女孩。不过我想这只是谣言,一个养狼的女孩把拉科夫的眼睛弄瞎了,你也知道的,这听起来太疯狂了。"

"听起来的确疯狂。"菲奥说。她把狼崽举到脸跟前,狼崽舔了舔她的额头,她闻了闻它身上的气味,那股味道甜腻腻的,还充满了尘土味。

一觉醒来后,狼崽躁动不安,它的爪子缠在菲奥的头发里。"伊利亚照料它了吗?"菲奥问道。

"是的,但我比伊利亚醒得早,所以我就喂它吃东西了。"

"你给它喂了什么?"菲奥并非刻意让自己的声音这么严厉。

"牛奶和水。"

"哦,很好!我是说,多谢你了。"她窘迫地笑了笑。

阿列克谢也咧开嘴笑了。他冲着菲奥放在雪地上的杯子点了点头,然后对菲奥说:"赶紧喝了吧。还热着,不过不太好喝,但凉下来就没法喝了。"

菲奥喝了下去,她的牙龈都要被烫坏了。她把那东西憋在两腮里,倒吸了一口气。"这是什么东西?"她瓮声瓮气地问道。

"茶。算是吧。唔,是夏季剩下的最后一把莓子——干莓子,还有昨晚煮苹果的水,还有一点儿烧焦的太妃糖。还有白糖,不过已经结成了块,是伊利亚在自己的口袋里找到的。就算茶里没别的,至少还有些能量,可以让你暖和起来。"

"多谢你了。这东西……"菲奥说不出"好喝"这两个字,毕竟明摆着它很难喝,"湿乎乎的。"

阿列克谢盘腿坐在菲奥旁边的雪地上,跟还在睡觉的几匹狼保持着安全距离。

"那么,我有一个小小的问题。"他说。

"好吧。"

"在十二年来最恶劣的暴风雪天里,你跟一群狼在田野中做什么?"

"这个问题可比中号问题都大。"菲奥说,不过她还是笑了笑。她把狼崽举到胸口,把事情一五一十地讲给了阿列克谢——嫩脚、拉科夫和他眼睛下疯狂的黑斑、她的母亲,以及她去克列斯特监狱的事情。

阿列克谢不是个乖巧的听众。他不停地打断菲奥,总爱在菲奥意想不到的时候笑起来,当菲奥讲到拉科夫的眼睛时,他还把很多雪往空中抛去,不过最后菲奥还是把事情都讲完了。

"当时谁跟你妈妈在一起?"当菲奥讲完后他问道,"伊利亚是你的亲戚?"

"不是!根本不是!他只是一个我认识的男孩罢了。"菲奥收住了嘴,考虑了一下说,"不过他还好。他很不错。"

"是很好。"

"他的手腕瘦得皮包骨头,但是脑袋很强健,他还读过很多书。不过我们家就只有我和妈妈两个人，还有狼。"菲奥真希望自己能解释清楚一切——美丽的世界本身就是一个好伙伴，她们母女俩就生活在世界上最美的地方。"你可以跟雪交朋友，要是你知道怎么做的话。"

"跟我说说你们家被烧毁之前的样子。"

菲奥伸出食指，让狼崽咬她的手指。"你知道屋外下雨，屋里生着火是什么样的感觉吗？而且狼舔着你的手，还试图吃掉地垫。这就是幸福。"

"没错！我知道那种感觉。哦，没有狼，不过其他的都一样。"

"妈妈和我会把栗子烤熟，然后蘸着奶油吃。我们会用一张铁丝网烤，这样栗子就不会烤焦了。至少以前有那么一张铁丝网。"菲奥想到此不禁瑟缩了一下，狼崽喵的一声发出了抗议，"估计现在已经不在了。"

"一点儿没错！他们把你的家毁了！难道这样都没有促使你产生反抗的念头吗？"

菲奥耸了耸肩。"我这就去救妈妈，我们还要去一个新的地方，重新盖一座房子，一座跟以前一模一样的房子。"

"你需要帮手。克列斯特监狱可不是一个对人友善的地方。我认识关在那里的人。"

"我有伊利亚,还有狼。"菲奥说。

"听着,我想跟你做一笔交易。"说出这句话的时候,阿列克谢看上去不像一个只有十五岁的男孩,"好吗?"

菲奥眯起眼睛。"那得看是什么交易了。"

"我需要帮助。人们害怕沙皇,更害怕拉科夫。"

"嗯……要是让我说害怕谁的话,我也会说是他——拉科夫。你见过他吗?他的脑子不正常。"

阿列克谢点了点头,一脸的严肃。"他的灵魂冷酷得都可以当溜冰场了。不过我要说的是我父母,还有萨沙和她的丈夫,还有我所有的朋友,所有人都认为我们什么也干不了。"

"这难道不是事实吗?"

"当然不是!不过只有一种情况能让他们心甘情愿地进行反抗。"

菲奥指了指雪地里一块块黑色的煤烟。"我一直觉得烧了房子就能让人们奋起反抗。"

"不对!这样只会把人们吓傻,差不多吧。一提起拉科夫,人们的口气就全都是他像一个邪恶的幽灵。但他也只是一个大活人,你就重伤了他!他在追捕你,一个十二岁的女孩！你才勉强够得到门梁，可是你差点儿就杀了他！他并非不可战胜的，你就是证明！"

"我可不觉得我几乎杀了他。"菲奥急忙纠正了阿列克谢的说法。

"我需要现身说法，就像你这样的现身说法。你能够震惊大家，让大家行动起来。现身说法可以掀起风暴。"

"我觉得昨天晚上你提到的那个人……列宁？我觉得他会掀起你说的风暴。"

"列宁已被流放到西伯利亚，况且他并不关心拉科夫，而只关心布尔什维克。菲奥，我需要你。"

"我时间没那么多。我得在下星期五之前赶到圣彼得堡！今天已经星期日了。"

"不，你听着！一个村子的人就能掀起一场风暴，其他人会加入我们的。"阿列克谢咧开了嘴，笑容让他的脸变得淘气又狂热。菲奥抽了抽鼻子。人不应该这么漂亮，又这么疯狂，这两样不可能同时存在于一个人身上。阿列克谢又说："我们可以改变全世界！"

菲奥摇了摇头。狼崽开始挠她的手腕，想要从她的指尖嘬出奶水。

"菲奥，先把狼崽放到一边去，就一小会儿。我们村子里有一半的人都想反抗,但其他人只想干等着这一切自己结束。他们说如果我们采取行动的话——不管做什么——就只会让拉科夫变得更凶残。"菲奥整理了一下袖子,以免狼崽把她手腕上的皮全抓掉。"听着,菲奥,我需要你的帮助。你得去跟全村人讲一讲发生在你身上的事情。要是像你这样的小孩子都准备跟他们战斗,不准备行动的那些人就会感到羞愧。你的经历会让他们相信这完全是有可能的。"

菲奥考虑了一下,让阿列克谢失望会令她感到难过,可是,"我帮不了你的忙。我得去救妈妈。"

"求求你了!就跟我到村里去吧。你用不着说什么,只要……证明你的事情不是我胡编乱造的就行。因为……有时候我得渲染一下,可是如果你也在,就用不着了!"

"可是你要做的事跟我毫不相干,阿列克谢!我得去克列斯特。"

阿列克谢咬了咬嘴唇,改变了策略。"好吧,不过你需要吃的,昨晚我们就把你的口粮吃完了。"

"我能打猎……"

"再说,你对有些情况还不了解,有关圣彼得堡的情况——那些当兵的,还有城门。"

菲奥抬头看看阿列克谢，她的心沉了下去。"当真？他们怎么了？"

"我都会跟你讲的，如果你跟我去村子的话。"

"你这是敲诈！"

"是行贿。"阿列克谢的眼睛——硕大，笑盈盈的，还有浓密的睫毛——直视着菲奥的眼睛，"它们是有区别的。"

菲奥摇了摇头。"我对其他事没兴趣，我只想要妈妈。还有……很抱歉，真的，可是我觉得这样做没什么用。"

"好吧，现在你有些令人厌烦了。"说完他站起了身。

"我只是实话实说。"

"可问题就在这儿！你选择了最令人灰心的答案，然后说自己是在'直言不讳'。可要我说，这么做会有用的，曾经有一次我面对面地用拳猛击了一头熊。"阿列克谢说。

"这……这两件事情有关系吗？"

"当然有。"阿列克谢说，"我有着实实在在的拳头。人们说对于世界的运转方式我们什么也做不了，还说这是板上钉钉的事情。要我说，那块板子只是看起来像是木板而已，其实基本上就是颜料和硬纸板做成的。相信我，我会帮你的，如果你能帮我的话。"

菲奥瞅了阿列克谢一眼。"我……我拿不定自己是不是听懂了你说的这些。我还从来没有用拳猛击过熊,我只用脑袋撞过一只鹰,就一次,而且还是无意中撞到的。可是拉科夫抓走了我妈妈……"

"完全正确!"阿列克谢打断了菲奥,他的脸上闪耀着坚定的光芒,"菲奥,他在杀人!这不只是你妈妈的事情。你难道不想反抗吗?为了你自己,也为了像我姐姐那样的人,这样她的孩子就不会在成长中看着自己的世界被烧毁。我想你不是那种甘心跪着活一辈子的人。"

菲奥打量着阿列克谢的脸庞,那张脸毫无掩饰,那么灵动,上面还有一道道狼的唾液。"要是你保证你能跟我讲讲城门的事情,再给我们弄一些吃的——真正的食物,我就去。"

第十章　特殊的美妙经历

阿列克谢、伊利亚和菲奥已经能看到村子里的炊烟了。就在这时菲奥突然想到一件事情，就斜着身子从黑子的背上滑了下来。

"为什么停下了？"阿列克谢说，"走啊！就快到了。"

"两个原因。第一，我觉得最好还是别让他们看到咱们骑着狼。以防万一。"

"以防什么？"伊利亚问。

"哦，以防法律不允许这样，或者别的什么。"

"不允许骑着狼在村里走?有这样的法律吗?"不过伊利亚还是从灰灰的背上爬了下来,站到了菲奥身旁。

"以防万一嘛。"菲奥说。事实上,她是为了如果发生不测,他们还得逃走,所以最好不要让别人知道你能跑多快。还是警觉一点儿为好。"咱们就把狼留在这里,要是它们愿意的话。我不希望有人伤害它们。"看到阿列克谢的脸上露出怀疑的神色,她又补充了一句:"也不希望它们伤害到人。"

"你说有两个理由。"伊利亚说。

"我饿了。你们呢?吃点儿东西的话,我就会觉得自己勇气大增。阿列克谢,你带着那只寒鸦吗?"

他们找了一个积雪不那么厚实的地方,菲奥折断了几根树枝做柴火。

伊利亚吃力地生着火,用冰冷的手笨拙地划着火柴。菲奥紧紧地盯着阿列克谢,如果他大笑起来,她就会咬他。谁要是笑话伊利亚的话,那就是笑话她。然而阿列克谢只是蹲在地上,专注地打量着周围的环境。菲奥也跟随着阿列克谢的目光观察四周。天空如同湛蓝的冬日宫殿,绵延数英里的雪海荒无人迹,还没长大的树木沉寂在雪海中,就像是合掌而立的北极熊。

"这真是一种特殊的美妙经历，"伊利亚一边说，一边抬起头，火焰已经断断续续地冒了起来，"就算被抓住，我也会为来到这里感到高兴。"

菲奥劈开寒鸦，把内脏掏了出来。他们决定不浪费时间拔毛了，就直接把寒鸦剥了皮，把皮丢给了三匹狼。

"寒鸦多长时间就能熟？一分钟？"菲奥问。

"一个小时？"伊利亚说。

"或者五个小时？"阿列克谢说。

"咱们只要尝尝就行，直到它烤熟。"伊利亚说。

"我自愿承担品尝的工作。"阿列克谢说。

他们都没有烤过寒鸦，不过伊利亚在一篇小说里读到过，可以把寒鸦插在木棍上烤熟。"虚构的食物不可信。"阿列克谢表示反对，不过菲奥同意了伊利亚的提议。他们将半只寒鸦切成小条，插在木棍上，然后把木棍伸进摇曳的火苗里。另一半他们没有切，直接丢进了火堆里。

菲奥悄悄地给几匹狼丢了几小块肉。

放在烈焰中的寒鸦肉块不停地着火，得把上面的火苗吹灭。

"我想已经烤好了。看样子熟了，只不过已经看不出肉的样子了。"伊利亚说。

菲奥舔着一大块肉。那块肉的外层烧焦了，尝起来不光带着一股焦炭味儿，还有零星的羽毛被烤煳的味道，不过里面的肉没有什么怪味儿。菲奥和伊利亚都蹲在地上，靠在一起取暖，阿列克谢躺在火堆的另一侧。三个人大口地吃着肉，每吃一口都得嚼上五十下。可是嚼了四十下之后菲奥的嘴巴造反了，她把肉吐在了雪地上。

"我想咱们有点儿烤过头了。"伊利亚说。

架在火苗上的肉烤的时间要长很多，等菲奥觉得自己手里的那串烤好的时候，她的胳膊已经不能打弯了。她用牙齿从棍子上扯下一块肉，里面渗出了血水，不过味道好极了。寒鸦吃起来就像是一种更有味的鸽子。肉块味道浓郁，质地柔软多汁，一下就把能量送进了菲奥的心里。菲奥的下巴上淌着肉汁，黑子还没来得及舔上一口，她就把黑子挡开了。寒鸦的一根羽毛贴在了黑子的眼睛上。

阿列克谢往火堆里踢了几脚雪，大白又在火堆上撒了一泡尿，然后他们就出发了。菲奥和伊利亚走在一起，虽然没有手拉手，不过两个人靠得很近，手臂总是撞到一起。

狼生气的嗥叫声响彻在他们耳朵里。

"伊利亚,把斗篷裹紧。别让大家看到你的军装。"阿列克谢说。

伊利亚点了点头,尴尬地笑了笑,把斗篷紧紧地绕着肩头扎住,紧得把脖子都勒青了。

菲奥嗅了嗅空气。"气味正常,我觉得我喜欢这个地方。"她说。

"有食物的香味。我绝对喜欢这个地方。"伊利亚说。

村子很小,只有几排房子,房子之间隔着窄窄的小路。村子中央有一个广场,广场上有一个生着火的石槽,几个小孩子正伸手围着石槽烤火。村子里的房子都很小,不过每家每户的烟囱里都冒着粗粗的白烟。广场上的积雪几乎被打扫干净了,地面上铺着大石板。老早以前有人把石板刷成了太阳般的黄色和红色,现如今红色已经褪成了粉红色。石板闪烁着日出般的光芒。这幅景象太振奋人心了。

"是亚娜刷的。"阿列克谢指着石板说,"她是我的表妹,为了这件事我叔叔格雷戈里还把她揍了一顿。"

大街上有几个女人凑在一起,冲着街上的一样东西放声大笑。她们的头上都包着头巾,明媚的阳光穿过她们的披肩，在雪地上投下绚烂的影子。有几座屋子的门前靠着一些男人，他们在争论着什么。

那些男人的胡子太令人称奇了。菲奥没有见过多少男人，而且她见过的那几个男人都没有留这样的胡子。而眼前这些男人一个个都留着一把大胡子，就连最小的胡子里都能藏得下一窝老鼠，而最大的甚至垂到了那个男人的胯骨上，藏得下两只中等个头的猫。他们的手很粗糙，指甲破破烂烂的，有的人还没了牙齿。在菲奥看来，他们似乎都有一张充满智慧的脸。不过这也很难说，毕竟他们的脸都被大胡子盖住了。

阿列克谢冲着一个身穿蓝色高领夹克衫、裤子上有很多泥点的男人招了招手。"格雷戈里叔叔！"

那个男人走了过来。"阿列克谢！太好了，你还活着。我们都在想你到底是死是活。"说完，他打量起阿列克谢身边的两个小孩子。他们都在竭力摆出一副勇气十足，同时又十分谦卑的样子。伊利亚翘起一只脚趾，低着头认真地看着。

"这都是什么人？"

陌生人的存在让菲奥的舌头变得有些迟钝了，于是阿列克谢开了口，菲奥只是一个劲儿地看着对方。

"格雷戈里叔叔,我们需要帮助。拉科夫在追我们。"

"蠢小子,这一回你又干了什么好事?"

"几乎没干什么!但我们需要找个地方睡觉,就一个晚上。你能帮我们,是吧,格雷戈里?"

也许是因为这个男人太魁梧了,身子差不多有菲奥的两倍高、三倍宽,所以他沉默起来就让人感到格外沉重。菲奥直勾勾地盯着他,他的神情神秘莫测,一半是由于他的胡子多得让人没法看清他的脸,一半则是由于他的眉毛、鼻孔、嘴和前额——这些透露人的情绪的部位,全都纹丝不动。

等他开了口,情况也没有改善多少。"这两个孩子不会犯了重罪吧?不会是那个弄瞎拉科夫的半大不小的巫师吧?"

"不是我,是她!"伊利亚说。

菲奥不出声地说了一句"多谢了"。她更加使劲儿地摆出一副无辜的样子,但她也不知道自己的努力会产生怎样的效果。

那个男人咕哝着:"是你,小丫头?还真没让我感到意外。你的那张脸就在说你的鞋里藏着一把刀。"

菲奥轻声说:"我们只想知道你能不能给我们一些

吃的。"

格雷戈里把目光转向阿列克谢,说:"这是你的又一个鬼主意?"

阿列克谢龇牙咧嘴地笑了笑,全当耳旁风。"没准儿吧。"他一把抓住格雷戈里的手肘,"听着!她让拉科夫吃了亏,他被她吓坏了。我想她能说服大家起来反抗。"

"她干不了这种事。"格雷戈里说。他狠狠地瞪了菲奥一眼,菲奥躲开了他的目光。"瞧见那座房子了没?"他朝着村里的一座房子指了指,那座房子的门摇摇欲坠地吊在合页上,"那是亚历山大家,一个好人,上周拉科夫把他抓走了。之前他还抓走了我的保罗。这些你都忘了吗,阿列克谢?咱们绝不能再惹祸了,不能再让情况恶化下去了。什么都不能干。"

"得啦,格雷戈里!"阿列克谢说,他的嘴角抽搐了几下,不过依然笑着,"别这样。菲奥以前几乎没有见过什么人,你这样会让她一辈子都无法接受大人的。听着,大伙想不想听,是他们自己的事情。"

格雷戈里的目光既不和蔼,也没有耐心。"要是我们因为你的愚蠢受到惩罚的话,可就不单单是你自己的事情了。"

不过这时一伙男人凑了过来,其中一个人从人群中探出身子。这个人头发花白,但是声音中气十足,语调丰富多变。"这就是那个小姑娘吗?把拉科夫将军弄瞎的那个?我说咱们还是听一听他们怎么说吧,听一听又不会出什么事。阿列克谢只是一个孩子,又不是巫师,听一听不会让咱们的脑子失控的。"他说。

阿列克谢似乎对围过来的越来越多的人,以及那些男人们的块头、充满敌意的眼睛和他们的胡子无动于衷。菲奥和伊利亚慢慢地挪到了他的背后,但人们的目光紧紧地追逐着他俩。

"谢谢你,尼古拉。我只希望你们能听一听!"阿列克谢说。

"阿列克谢的话我是再也听不下去了。这些日子一听到他开口说话,我的耳朵就很累。"格雷戈里说。

"可现在不一样了!拉科夫着魔了!他的思维不再是将军的思维了——他发疯了,或者至少可以说他就要发疯了!机会来了!"

头发花白的男人转过身,冲着街上的人群喊道:"喊大伙来开会!叶夫根尼!阿利克斯!"

格雷戈里叹了口气。"那就开会吧!你!"他指着阿列克谢,"你来。但陌生人不许来,这是规矩。就让他们待在广场上。倘若他们对咱们村造成破坏,我就拿你是问。"

大人们陆陆续续从木屋里走了出来,他们在裤子上擦了擦手,再把帽子紧紧地压在头上,用来避寒。孩子们跟在他们身后,使劲儿地看着菲奥和伊利亚。

从菲奥身旁走过时,大人们首先会瞥一眼她的红斗篷,接着就会看到粘在她裙摆上的冰雪和泥土。菲奥竭力摆出一副脏衣服在他们那个地方是一种时尚的样子,还努力让自己显得高一点儿。

"来吧。咱们坐下吧。"伊利亚抓起菲奥的手,两个人退到了广场中央的橡树下,靠着树坐了下来。他们往手上哈着热气,好让手暖和起来。

孩子们在菲奥和伊利亚面前围成一个半圆。他们都穿着厚实的、洗掉了绒毛的羊毛衫,一个个干净得令人开心。他们大约有二十个人,最大的孩子至少比菲奥大五岁,最小的那个只比积雪稍微高一点儿,长着一头短短的卷发。菲奥想要摸一摸他的头发,不过她还是一直把手背在身后。蹒跚学步的孩子就像狼一样捉摸不定。

"你们是谁?"其中一个孩子问道。

菲奥将每张面孔都打量了一遍。他们并不友好,但也并非不善。总体而言，每个人都保持着警觉。

"他们干吗开会？跟你俩有关吗？"

菲奥耸了耸肩。"我想是的。"

一个差不多八岁大的男孩问："你们干了什么？"他的两颗大门牙的位置还是一个豁口。"你们杀人了？"男孩直勾勾地看着他们。

"没有！"

"偷东西了？"男孩满怀期望地看着菲奥的背包。

"没有。"

年纪最大的女孩认真地看着他们。"犯了法？"

菲奥正打算说"没有"，突然她想起拉科夫那张肿胀、暴怒的脸，就又耸了耸肩。

伊利亚说："我们只想知道一些有关圣彼得堡的事情。她只是路过这里，我们都只是路过这里。"

"'我们'是谁？"那个男孩问，"不就是你们俩吗？"

菲奥恼怒地瞪了一眼伊利亚："他的语法不太好。"

另一个女孩朝着他们踢了一脚雪。"那么你们去那里干什么？"

"我要去找妈妈。她被抓起来了。"

"因为杀人？"豁牙男孩问。他的声音中充满了期待。

"不是！"菲奥说，"我是说——对不起，不过我还是要说，不是。没什么原因，妈妈什么也没干，可是……"

"可是这样也不会阻止人们被抓走，"一个金发女孩说，"我们都清楚这一点。无辜保护不了你。"

菲奥点了点头。"我也不是完全……不是绝对完全无辜的。抓走我妈妈的那个人——我伤着了他。伤了一点点。"

豁牙男孩的眼睛一下子亮了起来。"你把……"

"没有。我……你叫什么名字？"

"谢尔盖。那是我的妹妹，克莱拉。"龅牙男孩指了指一个笑容灿烂、流着鼻涕的女孩。那个女孩只有五岁大。

"谢尔盖，我保证会告诉你我究竟有没有杀过人。不过，他很恼火，因为他觉得被一个小姑娘弄伤很没面子吧，我也说不好。"

年纪最大的女孩挺直了身子。她身材高大，膝盖圆滚滚的，两条胳膊很粗壮。"这么做可不明智。一点儿都不明智。"她说。

菲奥冲那个女孩笑了一下，她拼命克制着，以免憋在胸口里的羞涩让自己的笑容变得太古怪。年龄比她大的孩子总是会让她害羞。笑容和羞涩很难和谐共处，这会伤到她的鼻孔。

另一个孩子也凑了过来。这个女孩比菲奥小，两只眼睛间距很大。

"他叫什么名字？把你妈妈抓走的那个人？"

"拉科夫。米凯尔·拉科夫将军。"

孩子们突然安静了，个个都变得严肃起来。他们瞭了一眼谢尔盖，又看了一眼年龄最大的那个女孩。他们的嘴巴全都紧紧地闭上了，拳头也紧紧地攥了起来。

"噢，"谢尔盖说，声音听上去有些骄傲，但是眼里透

出了悲伤,"我们了解他。对吧,亚娜?"

"对。他抓走了我哥哥保罗,去充当壮丁。但保罗不想去,逃跑了。"年龄最大的女孩说。

谢尔盖的脸拧成一团,他装作眉头发痒,用拳头狠狠地揉了揉眼睛。

"出了什么事?"伊利亚说。他的语调四平八稳,听上去就像是已经猜到了答案。

"他死了,是不是?拉科夫打死了他。"亚娜说。

"什么?这种事情……我是说,怎么允许这种事情发生?"菲奥说。

"我不清楚,不过他的确杀了他。他们还试图把阿列克谢也带走,他是我们的表哥。"

"我们已经见过他了。"菲奥说。

"他们想要抓走他,可是他反抗了。他跑得快,你也看见了。他还踢中了他们的……唔,反正是踢中他们了。"

"踢中了他们的下身!"谢尔盖说,"他踢中了。"

亚娜点了点头。"他藏到他姐姐那里去了。她比他大十岁,会拼命保护他。"

"可是拉科夫为什么要杀你哥哥?他做了什么?"

"什么也没做!"谢尔盖说。

菲奥瞟了一眼亚娜,她在谢尔盖身后点着头。"他说的没错。保罗什么也没有做,他是个好人,块头大,有时候行动有点儿慢。我不知道。要是人们随意杀人,谁都不可能平安无事,对不对?所以大家都很害怕。也许拉科夫就喜欢这样。"亚娜似乎得出了结论。她把裙子高高地提到腰上,"如果你是拉科夫的敌人,那你就是我的朋友。哪怕你只是个小屁孩。你需要吃的吗?"

"当然,太需要了。你有什么方便我们携带的东西吗,面包或者奶酪?"有几个孩子点了点头,还有一两个孩子露出了笑容,至少可以说他们的目光变得友善一些了。

"那么,那些大人在商量什么事情?"

菲奥摇了摇头。"阿列克谢想让他们反抗。"

"拉科夫?"

"没错。可是这与我没有多大关系,我要做我想做的事。"

"你会反抗吗?"亚娜说,"我会的。"

"我不知道。"菲奥说,"我没有考虑过这件事情。不过,阿列克谢说过一些话……我在考虑。"

就在这时,狼崽非常不合时宜地撒了泡尿。狼尿的气味很浓烈,恰好这一天的天气又是那么晴朗,一丝风也没有,于是所有人顿时一齐抽起了鼻子。

菲奥发出了一声叹息,把手伸进上衣里,从里面掏出了那团湿漉漉的毛球。狼崽还没有尿完。

"呃!"菲奥说,"噢,宝贝儿。你可以事先跟我打声招呼啊。"狼尿洒满了她的前胸,"啊呀。"

孩子们全都向后退了两步,仿佛在跳经过认真排练的芭蕾舞。

"好吧,小东西。"菲奥说。她蹲在地上,伸直胳膊端着狼崽。等狼崽尿完后,她在积雪上抹了两下手。撒完尿的狼崽发出一声短促、清晰的嗥叫,叫声微弱而尖厉,但毫无疑问是地地道道的狼的叫声。

孩子们本来就瞪大了眼睛死死地盯着菲奥,现在他们那直勾勾的目光突然变得有些混浊,有些冷漠了。

"那是狼吗?"

"是的,"菲奥承认了,"不过,只是一匹很小的狼。"投向她的目光非常严厉。她用头发盖住狼崽,将它搂得更紧了。

"你就是那个养狼的女孩!"人群后面有人说道,"我们听说过你,有人悬赏要你的脑袋。"

"什么?"菲奥竭力让自己的声音显得镇静一些,但她的眼睛飞快地看了看左右两边。她想要找到一条退路,

"是吗?"

"一大笔赏金呢。他们说不要相信你的话,你是一个巫婆。"

"这是谁说的?"

"昨天一个当兵的路过村子,他叫我们留意你。我们应该把你交出去!"

菲奥感到喉咙里突然泛起一股恶心,不过她还是慢慢地站了起来。"你想靠近一点儿跟我说这句话吗?"

伊利亚慌忙从地上爬了起来,挡在了菲奥的身前。看到他怒气冲冲的脸,菲奥大吃一惊。"没错,他们就是在找她!不过那些当兵的不光想要找到她,还想找到她的狼,杀了这些狼。谁把我们交出去,谁就是杀人凶手。"他把狼崽从菲奥的手里拿了过去,把狼崽举了起来。

狼崽已经一天天长大了。它坐在伊利亚拢起的双手里,腿和尾巴吊在两侧,爪子在空中划拉着。

克莱拉用鼻子发出了一声叹息,一坨鼻涕飞了出来,落在狼崽的脸上。狼崽吃掉了鼻涕,谢尔盖随即鼓起了掌。

伊利亚的目光扫过每一个孩子。"你们想要跟那些觉得狼崽毫无价值的人站在一起吗?"

孩子们各怀心思地陷入了沉默。

随后,亚娜开口了:"它看样子饿了,它想喝奶吗?我可以给它弄上一杯。"

伊利亚瞟了一眼菲奥,菲奥点了点头,他便一本正经地说:"如果有奶喝,那就太感谢你了。"

就在伊利亚说话的时候狼崽蹦了起来,蹦的姿势更像是猫,而不是狼,然后落在雪地上,扭了扭身子,发出了嘶嘶的叫声。菲奥手忙脚乱地把狼崽抱了起来,与此同时她听到了尖叫声,一条条斗篷飞快地从她面前掠过。孩子们沿着长长的街道四散逃回了家。

"怎么了?"

"那边好像出事了。"伊利亚说。等到看明白孩子们究竟为什么逃走的时候他又说了一句:"哦,该死。"

大路尽头出现了三匹马,马背上坐着三个人。三匹属于童话世界的高头大马站在那里,嗅着空气。

菲奥躲到了橡树后面。她抄起狼崽,将它塞进自己的衬衫里,试图把它哼哼唧唧的抗议声压下去。恐惧之下,她的手指变得又湿又软。她拔出刀,刀却掉在了地上。伊利亚站在那里,将自己完全暴露在外面,眼睛睁得大大的。

"躲起来!"菲奥伸出手,一把抓住他的腿,将他拖到了树干背后。

那几个男人骑着马走了过来。当他们慢慢远离了阳光直射的地方后，菲奥看得更清楚了。他们衣衫褴褛，身上的夹克衫不是灰色的，外面还裹着棕色的披风，他们的脚趾也从鞋里露了出来。

伊利亚如释重负地呼出一口气，他的刘海都被吹乱了。"征缴队！菲奥，他们不是当兵的。"

"征缴队是什么？"菲奥仍旧一动不动地躲在橡树背后。

"军队的雇工。拉科夫派他们来各个村子征收粮食和家畜。"

"给谁用？"

"军队。"

"这是抢窃！"菲奥说。

"唔，他们可不会这么说。"

"他们应该这么说！否则就是在撒谎，就是在抢窃。那就是说……他们不是来追捕咱们的？"

"我看不出来他们怎么会追捕咱们。他们就是一个村子接着一个村子地收缴东西，你知道的。他们没有什么地位。不过，他们有好几百人，人们管他们叫'拉科夫的蝗虫'。他们没有去过你家吗？"

"我估计他们害怕我们。狼对有些人就有这样的作用。"

三匹马朝广场走了过来。

"男人都上哪儿去了?"骑在马上的一个人大喊了一声。

房子全都大门紧闭。门里传来了门闩被用力插上的嘎吱嘎吱的声响。

菲奥感到了宽慰,她长长地出了一口气。就在这时,亚娜从最高大的那座房子里走了出来,两只手捧着一杯满得快要溢出来的牛奶。一看到那三个人,她就愣住了。

"亲爱的,你爸爸呢?"骑在马上的人说。他有一副宽阔的肩膀,眉心处还有一颗大大的痣。

"在……在开会。"

"那就去把他叫来,好吗?"他冲亚娜不怀好意地笑了笑,露出一嘴参差不齐的大黄牙,"告诉他我们在执行拉科夫的命令。我们手里有一张单子,上面清楚地写着每个村子应该缴些什么。你们村是一百公斤麦子、二十公斤肉。别想免掉一公斤。"

亚娜退了几步,说:"可我们交不出来。"她朝四下里看了一下,大街上空无一人,"我们都要饿死了!村里还有小孩子。"

"这种借口太司空见惯了。"另一个男人声音很严厉。这个人嘴里嚼着烟草,这时他把烟草吐到雪地上,烟草就在雪地上冒着白气。"此前我们已经听过这种借口了,你们不会饿死的。你们会有办法的。"

之前的那个男人嗅了嗅空气。"什么味道?"

菲奥屏住呼吸,把狼崽抱到了自己湿漉漉的胸前。

亚娜的脸变得像冰雪那样苍白。"什么……味道?"

"甜菜汤!"说着那个人就在马身上重重地拍了一下,马嘶鸣起来。它太容易受惊了。

"啊,"第二个男人说,他的鼻孔张开了,"不错!"三个人下了马,从亚娜身边挤了过去,闯进了她的家。"给我们把汤端上来。全都端上来。要是你留下哪怕一丁点儿,我们都会发现。还有伏特加。"

亚娜的声音颤抖着。"不然呢?"

"你应该懂得法律,不然我就把你们村年龄最大的男孩都带走。给我们弄点儿汤,再把男人们找来。别把顺序弄反了。"

菲奥怒不可遏,心都顶到了肋骨上。"我有主意了。我需要你的帮助。"她悄悄地对伊利亚说。

"我愿意。做什么?"伊利亚说。

菲奥把计划告诉了伊利亚。

"太冒险了。"他说。

"我想不出别的办法了。你呢?"

"想不出。可我还是没有把握……"

"在这里等着。"说完菲奥就把狼崽递给伊利亚,自己跑到了最近的那座房子前。她对着窗户招了招手,两个脑袋从门里探了出来。

"这里谁瞄得最准?"她轻声问道。

"我,"谢尔盖说,"还有波格丹。"他指了指一个十岁左右的男孩。那个男孩有点儿鼻塞,呼哧呼哧地喘着粗气,看上去出息不大。"还有亚娜。"谢尔盖朝四周张望了一下,似乎指望着亚娜从雪地里蹦出来。"她不在这里。他们还没把她抓走,对吗?"

"没有!谢尔盖,没这回事。不过,我需要帮助。你愿意吗?"

谢尔盖的目光从菲奥的身上转移到了伊利亚身上,然后又看了看狼崽。"当然愿意!"

"跟我来。"菲奥走在前面,她把身子压得低低的,背对着树,"咱们需要一些雪球,还得抓紧时间。他们正在喝酒,我一点儿也不清楚他们会喝多久。"说完她就团起了雪球,团得跟西瓜一样大。

"快一点儿,"伊利亚说,他的手哆哆嗦嗦地抓着雪,

"咱们得快一点儿。"

年龄小一点儿的男孩们团得很快,但还不够快。菲奥把速度加快了一倍。"他们得受点儿皮肉之苦。要把雪球团得结结实实的。很好!够结实了。"说完她把雪球全都放在了斗篷里。"走吧。"她带着大家走到了离马最近的那座不大的砖房子,然后躲在了它的后面。伊利亚一边跑,一边还在团着雪球。他低声给自己下着命令,不过看到菲奥正盯着自己看,便使劲儿咧开嘴笑了笑。他的笑容歪到了一边,比平时露出了更多的牙齿,看到这一幕菲奥突然有了勇气。

"等着我喊'瞄准那些人的眼睛'。这很重要——眼睛和嘴,尤其是眼睛。"

"然后……"谢尔盖刚一开口,伊利亚就将一根手指压在自己的嘴唇上。

菲奥转身朝向树林,把手拢在嘴上,嗥叫了起来。

一阵寂静。孩子们的脸出现在临街的窗户上。

菲奥又叫了一声,树林里传来了回应——灰灰从喉咙里发出粗哑的声音,接着又传来了黑子的声音。菲奥用手肘轻轻地捅了捅伊利亚,伊利亚也跟着她叫唤了起来。他的嗥叫出奇地惟妙惟肖。

征缴队的三个人跟跟跄跄地从屋子里出来了,个子最高的那个人手里摇摇晃晃地拎着一大罐烈酒。他们拖着沉重的脚步,跌跌撞撞地朝着马跑了过去。"狼!"其中一个人大吼一声,吼完就被自己的脚趾绊倒了,在冰面上劈了一个叉,那样子看上去痛苦不堪。

菲奥两只手各拿起一个雪球,然后又嗥叫了一声。三个男人纵身跳上马背,可是他们的脚醉醺醺地在马镫里滑进滑出。

三匹狼从树林里蹿了出来,压低身子跑向菲奥。来到菲奥跟前时,它们脊背上的毛轻轻地荡漾着。菲奥心想,这几匹狼肯定对舞台表演很在行。

"开始!"菲奥大喊一声。三个男人刚举起手里的枪,孩子们立即发动了攻势。谢尔盖和波格丹从房子后面冲了出来,朝三个男人的眼睛、手、耳朵和枪管扔着雪球。谢尔盖的"瞄准"有些飘忽不定,波格丹则扔得又利落、又精准。

"见鬼……"一个征缴官咆哮着,"狼!"他正要有所反应,菲奥扔出的雪球就飞进了他张开的嘴巴里。

菲奥用眼角的余光看到三个男人背后的会议室的门突然崩开了。那个征缴官的枪响了,一颗子弹钻进了雪地里,而正朝菲奥走过来的那匹狼距离子弹落下的地方只有几米远。

"不行!"菲奥的心提到了嗓子眼里,"对准他们的眼睛扔!一定要让他们没法开枪!"她不停地扔着雪球,冰碴子像雨点一样落在三个男人的脸上,把他们砸得倒向一边。菲奥又嗥叫了一声,这也是她最后一次嗥叫,灰灰从侧面朝马扑了过去,上下颚完全露了出来。菲奥并不希望灰灰冲到那么近的地方,大喊了一声:"灰灰,别靠近!回来!"就在她喊出口的同时,三匹马扬起了前蹄,惊恐地嘶鸣着,沿着大马路飞奔而去,马鞍上的袋子空空如也,撞着马的身子。那三个征缴官横七竖八地吊在马脖子上,最终消失在了地平线上。

第十一章 树林和风唱着无言的歌

四个小时后，菲奥坐在广场中央熊熊燃烧的火堆旁，身上裹着八条毯子，不停地躲闪着陌生人的亲吻。她嘴里嚼着插在木棍上的烤肉，肉汁顺着她的手腕往下淌，狼崽一个劲儿地往她的袖管里钻。她眼前的世界还在天旋地转。

阿列克谢比任何人都更快地明白了发生了什么。他推开一群目瞪口呆的男人，把菲奥拖到人群中间，将她的手高高地举过了头顶，就好像她是一名获胜拳击手似的。

"你们明白了吗？"阿列克谢冲着站在周围、一头雾水地盯着菲奥看的男人们喊道,"这就是勇气。这就是为什么拉科夫会害怕她!"

菲奥扭着身子,尽快挣脱了阿列克谢,可是她无法躲开不断凑上来的陌生人。他们用厚实的手拍着她的肩膀,用粗糙的面颊和长满老茧的手掌拥抱她,女人们则轻轻地抚摸着她的头发,把热腾腾的肉往她的手里塞。

不过,他们始终跟那几匹狼保持着距离。征缴官逃走后,村子里的人兴奋了一阵子,其间有人朝那三匹狼丢了几块石头,菲奥也朝那几个人扔了几块石头,但她比对手瞄得更准,因此风波很快就平息了。

"它们是我的朋友。跟我比起来,它们咬人的可能性大不了多少。"菲奥说。她没有特别说明这种可能性究竟有多大。

终于,菲奥再也受不了众人的目光了,于是就带着狼,提着一盏灯,拿着一块牛肉躲到了树后面,她想一直在那里待到脑袋停止旋转的时候。至少牛肉没有打算亲她。

可是大橡树后面已经被占了。

"亚娜!对不起,我只……"菲奥说。

"躲起来?我明白。"亚娜说。她往旁边挪了挪,与狼拉开了一点儿距离,"我想趁着大伙还没开始跳舞就躲起来。"

一想到跳舞，菲奥就害怕极了，因而故意没有理会亚娜的话。她咬了一口肉，闭口不提这回事。"会上出什么事了？"她问。

亚娜耸了耸肩。"没什么事。会议被打断了，不是吗？明天他们会做出决定的。他们会决定不反抗。他们一贯如此，只会动嘴皮子。"她的声音里透着一股怨愤。真奇怪，看上去那么温柔的一个人竟然能发出这样的声音。"这也不是阿列克谢第一次试图说服他们了。年满十三岁后，他就一直想要反抗。不过，拉科夫以前从来没有像现在这样恶劣过。知道吗？他们都说他要疯了。"

"我觉得他就是一个地地道道的坏人。那些人——他们没有伤到你，是吧？"

"没有！他们就是想喝酒。可是，假如大人们还是像现在这样……"亚娜朝远处的男人们示意了一下，那些人正围着火堆跳舞，用靴子在雪地上踢腾着，"等他们再来的时候，我们就真的什么也交不出来了。"

"再来？"

亚娜点了点头，菲奥心想她的脸真是严肃得有些可怕。"菲奥，你做得太棒了，可是他们还会回来的。你不了解我们这里的事情。拉科夫的人，也就是沙皇的军队，他们总是会回来搜刮些什么东西，要不然就是抓人。"

亚娜的神情让菲奥感觉自己的嗓子眼火烧火燎的，她竭力不去看那张脸。她扭过头盯着积雪，用小木棍在地上戳着。就在这时，她的脑袋里闪出了一个主意。

"不过，听着，听着！看这里。"她指着黑子留在雪地上的爪印，"看啊。"

"很大，大得能杀死人。"亚娜说。

"完全正确！那些人看到这些印子就不会回来了，对吧？"

"可是再下一场雪，这些印子就被盖住了。菲奥，这不是……这些脚印很漂亮，可这不是长久之计啊。"亚娜说。

"我想你可以在雪地上再打上脚印啊。"菲奥说。

"什么？"谢尔盖从橡树另一侧偷偷地打量着她，"你打算把那匹黑狼留在这儿？惊人的好消息！我会照顾它的！"

"不！"菲奥狠劲儿地摇着脑袋，头发都摇得粘在了烤肉上，"黑子和我要在一起，留下它就等于留下我的手指。反正，只要我一走，它在这里也待不了多长时间。我不可能逼它做任何事情。"

"就是说你帮不了我们喽。"

"我想或许可以。我有一个主意，咱们需要木头，厚木头,还有刀。你能搞到这些东西吗?还得有一些帮手。至于黑子,它可以当模型。"

削木头花费的时间比菲奥预想得少一些。伊利亚削得一丝不苟,亚娜的两只手快得令人咋舌。他们用斧子把木头劈成了一个个小方块,然后用菜刀雕凿小方块,直到小方块显现出狼爪的模样。这个过程极其缓慢。

谢尔盖时不时地发出一声尖叫,他身边的雪地都被鲜血染红了。亚娜建议他停下,他张嘴就要咬她,大家只好任由他继续干下去。

等大家把四块木头大致雕成狼爪的形状后,菲奥就把木块放在自己的大腿上,用背包上的粗麻布打磨边边角角。"把几条边都磨一磨。狼的爪子很光滑。"

谢尔盖伸着舌头,聚精会神地看着菲奥。

"好啦。现在还需要一些线,你们有线吗?"

"在这儿,线可值钱了,不过我们可以找找看。"亚娜说。

十分钟后亚娜回来了,带着一脸的愧疚。"我……借用了爸爸闲置的那双靴子上的鞋带。"

"谢谢你啦。现在——瞧!"菲奥把鞋带缠在自己的脚上,将两块狼爪木板正面朝下绑在自己的脚掌上,然后将另外两个抓在手里。她四肢着地跑了几步,又掉头飞快地跑了一段。她使劲儿并拢双脚,因为狼会沿着一条紧凑的路线跑。菲奥身后的雪地上拓上了一串狼的爪印。

"你们每天都可以这么干!还有,我得让黑子圈出领地,它是一匹领头狼。这么做你们也就安全了,不会受到其他狼的伤害。"菲奥说。

"怎么做?怎么圈?"

"唔……"菲奥说,"你们知道的。就是撒尿。"

"我可不想让狼在我的屋子里撒尿!"

"不,只在树上撒!还有房子外面。它的尿有一股气味,这种气味会提醒其他狼躲远点儿。"

"就好像写了一个'禁止入内'的告示牌?"

"没错。撒尿就是狼在写告示牌。"

"呃。"

"这是一个老把戏,也是我唯一教给它们的东西。在家里的时候,这能保证我们的安全,以免那些经过我们训练后恢复野性的狼再跑回来。"

谢尔盖问:"这一招对人也管用吗?我的意思是,假如我在妹妹的床上撒尿,她就只能离开啦?"

伊利亚扑哧一声笑了。

"不管用，我在很小的时候就试过了，当时我为了什么事情在生妈妈的气。绝对不管用。"菲奥想到，面对那次的状况，母亲叹了口气，然后就哈哈大笑了起来，一下翻进了用锡做的浴缸里。想到这些，菲奥的心中激起一股强烈的思念，她感到脚下的积雪都摇晃起来，但也只能强忍着将思念之情压在心底。

格雷戈里的脑袋从树后冒了出来。"啊！你们都在这里，我听到笑声了。篝火晚会需要你们。跳起来吧！"

会议室的门外响起了音乐。

"都是为你准备的！为了向你道谢！"克莱拉指了指火堆、围成圈等在那里的大人，还有下巴底下夹着一把小提琴的男人，"你和那个男孩得跳个舞！"

菲奥被新的恐惧淹没，这远比面对枪和征缴队要可怕得多。

"谢谢你们！可我不善跳舞。"她说。

"噢，来吧！我会跳啊。"谢尔盖扭起了臀部，把两只手臂甩得像风车一样，"瞧见没？"

"驯狼人不善跳舞。"菲奥说。她冲着克莱拉抽了抽鼻子，又笑了笑，希望内心的恐惧不会显露在脸上。她痛恨跳舞。很显然，跳舞肯定会被别人盯着看的。

"你得跳啊。"亚娜满怀歉意地笑了笑,"跳起来就没那么难了。"

"我不会跳。"

"会的,你会的!跳吧,狼女!"谢尔盖说。

事实上菲奥知道如何跟着音乐迈脚,所有人都知道。她刚一学会走路妈妈就教过她了——玛丽娜说以备不时之需。所有人都应该会跳一支舞。

女步不难学,用两只手摆出抱着一个小布娃娃的样子,同时让自己的头和脖子保持不动就行了。对男人而言,还多了很多踏步和甩头。如果你穿着裙子,那你在旋转的时候就会发出刷刷声。菲奥叹了口气,端起双肘,一把甩掉了斗篷。亚娜礼貌地鼓起了掌,大人们都满意地窃窃私语着。

伊利亚向前迈了一步,鞠了一躬。他紧张地挤出一个笑容,不过眼里闪烁着一丝光芒。

"咱们可以尽快跳完吗?"菲奥的脸已经变得滚烫了,不过那不是篝火造成的,"我不太擅长跳舞。"

"跳啊!"人群中有人喊了起来。菲奥怀疑是阿列克谢干的,不禁愤愤地瞪着眼睛。

音乐响起来了,节奏越来越快,一直到了高潮。伊利亚向上跳跃着。男孩没有裙子可甩,但他跳着、旋转着,两个脚跟在空中像剪刀一样分分合合，周围的雪上下翻飞着，空气似乎都在为他飞旋。他又跳跃起来，这一次跳得更高了。三匹狼踱着步子钻进人群的包围圈，想知道发生了什么事情。就在这时伊利亚蹲了一下，随即突然高高地蹦起，在大白的脊背上方劈开了两条腿。

菲奥吃惊地倒抽了一口气，然后哈哈大笑起来。大白拘谨地吸了几口气。大人们也哄笑着，伊利亚却是一脸的严肃，看上去那么纯洁、快乐。

而菲奥始终踏着步子，头向下耷拉着，微微跳两下，扭两下腰。伊利亚没有理会舞步，他看到了一块冰面，便踮起脚尖飞快地旋转起来，另一条腿从腰部直直地伸展开，雪从鞋底飞了出去。克莱拉数着他转了多少圈，但数到第十一圈的时候就数乱了，于是又为他欢呼起来。人越围越多。伊利亚就像猫一样跳了出去，然后落在菲奥的身前，像哥萨克[1]那样轮番踢着两条腿。

他跳起舞来一点儿也不像当兵的，也不像那个连火都点不着的、手腕干瘦的小男孩。菲奥心想，他跳舞时可真像一个迷路的孩子被找到了，像一场胜利的大游行。

菲奥跳着跳着就停下了脚步。她觉得没有人在看她，

---

[1] 哥萨克是生活在东欧大草原的游牧民族。——编者注

就在狼的身旁蹲了下来,一只胳膊搂着黑子的肩膀,眼睛望着人群。就连这三匹狼也着了迷。天上又下起了雪,伊利亚向后空翻,村民们立即朝后散开,扩大了包围的圈子,给伊利亚腾出更大的空间。伊利亚的两只手落在雪地上,雪没过了手腕,接着他向上翻,落地时他用脚尖撑在地上,身子纹丝不动,头顶上戴了一顶雪帽子。小提琴手加快了速度,伊利亚连跳带转地飞舞着,雪花和汗水从他的脸上飞了出去。菲奥把黑子搂得更紧了,脸皱成一团,这样就不会有人看到她眼睛里的骄傲。她噘着手指吹了一声口哨。

音乐渐渐减弱，伊利亚便停下脚步，两只手臂垂到身子两侧。

人群寂静无声。伊利亚的肩膀微微沉了下去，耳朵上闪烁着淡红色的光芒。他低头看着自己的脚尖。

接着，雷鸣般的掌声如同一股结结实实的巨浪朝着他扑过来。

伊利亚幸福地哼哼着，不过他的声音像是被噎住了一样，断断续续的。他对菲奥说："我跟你讲过的，我从来没想过去当兵。"

🐾

接下来的几个小时里，菲奥多次试图说服伊利亚摆脱人群，这样他们就可以离开了。阿列克谢已经在他们的麻袋里装满了奶酪、干肉肠和坚果，可是每当他们想要悄悄溜走的时候，阿列克谢都会一把揪住她，把她扯到又一个大胡子男人或者披着斗篷的女人面前。

"这就是狼女！看看她吧！"他不停地说着，冲她咧嘴笑着，"看呐！看见了吗？这就是用滑雪板砸了拉科夫的人！格雷戈里，你家的奶酪都比她年纪大！你就甘愿让她比你更勇敢吗?"

等菲奥看到伊利亚独自一人待着的时候,天空已经一片漆黑,惶恐在她的胸口上下起伏着。

"菲奥,咱们得睡一觉,"伊利亚在谢尔盖家地板上的稻草垫子上摊开四肢,看上去惬意得有些夸张,"况且外面也黑了。马上就是明天了。"

"不行,伊利亚!咱们现在就得走,已经是星期日了!去圣彼得堡还得赶一天多的路!而且咱们还得找到进城和救妈妈出来的办法。"

"就六七个小时没有什么区别。"

"有区别的,伊利亚!"菲奥听到自己的声音越来越尖厉了。

伊利亚合上眼睛,打起了响亮的呼噜。

菲奥摇着他,但他的呼噜声更大了,眼睛闭得更紧了。

窗外,篝火还在燃烧着,笑声越来越响亮、越来越狂乱了。男人们用拳头狠狠捶打着自己的胸脯,而女人们在雪地上翩翩起舞。菲奥望着他们,胸口有些发紧,这辈子还从来没有这么多陌生人出现在她的周围。

阿列克谢从她身旁飞奔了出去,克莱拉坐在他的肩头。阿列克谢的脚一用力,就在雪地里滑行起来。谢尔盖

在后面追着,想要抓住阿列克谢的斗篷。他溜着冰,开心地尖叫着,此时已经过了睡觉的时间。

菲奥曾想加入他们,可是眨眼的工夫她又向后靠在了墙上。现在可不是嬉戏的时候。他们是陌生人——每一个人其实都是陌生人,就连伊利亚也不例外。菲奥想要压制住心里越来越强烈的惶恐。这种陌生的恐惧,刺痛了她的五脏六腑。甚至连这个地方的积雪都比她家的薄,踩得平平的。她心想,这里的雪一声不吭,不会说话。一动不动地坐在这里,令她越来越难以忍受了。

她低下头来到屋外,阿列克谢从她身旁跑了过去,她抓住了他的外套。

"狼女士!"阿列克谢啪的一下合拢双脚,敬了一个礼,大声笑着。

"我需要帮助。"

"尽管开口。"

"你不是说过会给我讲一讲城门的情况吗?"

"啊!城门。圣彼得堡的大门?"阿列克谢似乎已经昏了头,热情得发了狂,"天堂的大门?请说得仔细一些。"

"阿列克谢!"

"抱歉。没错,是的。"他咧嘴一笑,"可是你得承认这太激动人心了!一切就要开始了!"

"阿列克谢,城门。进城的大门。求求你了,这很重要。"

"嗯,城门有人把守。以前不是这样的,可是现如今拉科夫奉沙皇之命管理全城。我想他会派人把守城门,等着你自投罗网。他们会查看所有人的证件,至少是任何一个他们觉得会惹麻烦的人。任何一个穷人。"

"我怎么才能进去?"

"我不知道。"

菲奥瞪着他。"你说过你知道的。"

"不,我没说过!我说的是我会把自己知道的都告诉你,仅此而已。"

菲奥二话没说扭过头。她没有冲阿列克谢露出愤怒的目光。这件事情太严肃了,怒目而视根本无法表达她的心情。

"不,等等,菲奥!"阿列克谢听上去有些清醒了,"真抱歉。从这里出发,骑马走一天就能走到一座城堡。要是再来一场暴风雪的话,城堡就会有点儿用处。从那里出发,走四个小时就能走到圣彼得堡的城门,骑马的话就只要两个小时。咱们明天可以赶到城堡,让其他村民加入咱们。那里是过夜的好地方。从这里往西北方走,快到的时候就会看到一大片松树林,城堡就在树林的左边。那里空无一人,几年前被一场火烧掉了。你也知道,沙皇觉得住在烧毁的房子里不吉利,所以所有赶时髦的人都得相信这一点。想想看,他的军队那么喜欢放火烧东西,这也太讽刺了。"

这时克莱拉跑了过来,阿列克谢一把将她从地上抄起来。"来吧,去找几串烤肉吧?"他对菲奥说。还没等菲奥回答,他就蹦蹦跳跳地冲进了夜色中,夹在他胳膊底下的小女孩不停地尖叫着。

菲奥看了看四周,她的嘴巴越发干涩了。许多大人时不时地唱一会儿歌,跳一会儿舞,有一个人还失手在别人的下巴上摁灭了烟头。

菲奥在心里嘀咕着,当初真不该答应上这儿来。

她又低下头回到了屋里,给自己套上了一件刚刚洗干净的衬衣,那是亚娜给她的,好让她换掉那件浸着狼尿的衬衫。

她心想伊利亚是不会帮自己了,然后就倒空了他的背包,从一堆东西里找出那盏灯笼和用来做指南针的那个小碗。"妈妈对他来说无关紧要。阿列克谢也只在乎他自己的事,如果他不帮我,我凭什么还要帮他?"菲奥想道。

她从躺在壁炉旁的伊利亚那里抱起狼崽,将狼崽塞进了刚换上的干净的衬衣里。狼崽受到了冒犯,但是一声没吭。

"我要靠自己找到妈妈。反正我一个人会干得更好。我知道什么叫单干。"

三匹狼把守在门外,菲奥压低身子,带领着它们从屋子后面离去时它们也没有发出一丝声响。他们走过了那棵大橡树,继而向着北方走进了夜色中。

他们已经走了一个钟头,一直穿行在一片又一片的树林里,灯笼在菲奥的手腕上甩来甩去。突然,菲奥和灰灰同时听到一个声音——不是他们的喘息声,也不是狼爪抓地的声响。

灰灰嗥叫了起来。

"是什么?"菲奥屏住呼吸。

不过那个声音不难辨认,先是马的嘶鸣声,接着又是依稀可辨的人的咳嗽声。菲奥高高地举起了灯笼,可灯光所到之处只有树。她往手指上吐了一口唾沫,掐灭了灯芯。

"可能只是一个过路的,"她轻声对黑子说,"或者

是……"突然一个令人宽慰的念头冒了出来:"伊利亚还是跟上来了!"可是她不敢放声呼唤伊利亚。

站在菲奥身旁的大白嗅了嗅。它闻过伊利亚的气味。

"嘘,宝贝儿。"菲奥轻声说。她跪在雪地上,轻轻地抚摸着大白的脑袋,让它安静下来,"只有咱们几个。咱们上这儿来不是来打架的。别叫唤,至少现在别叫。"

菲奥的抚慰没什么用,她还从未有过教狼保持安静的经历。大白冲着月亮抽了抽鼻子,嗥叫了起来。

左边传来了一声欢呼。白雪覆盖的树枝晃动起来。

惊恐让菲奥浑身上下都失去了血色。她警觉地盯着前方,一百米外就是一片浓密的树林。她深深地低下头,推着三匹狼,让它们走在自己的前面。"快点儿!"

他们的前行变得更加艰难,头顶上的枝叶遮得严实起来,月光越来越微弱,横躺在地上的树木和灌木丛的根须就像蛇一样蜿蜒着。个头最大的黑子拖慢了大家的脚步,灌木丛太密实了,它魁梧的身子难以顺利地从中穿过。

"往西一点儿,就会比现在这样快些了。"菲奥窃窃私语道,她小心翼翼地迈着步子,伸出两手摸着树,"快点儿。咱们找一棵柳树之类的东西,用来藏身。"

可是就在她说话的时候,灰灰沿着来时的路掉头就跑。

"灰灰，回来！"菲奥倒抽了一口气。另外两匹狼嗅了嗅周围的空气，然后轻轻地顶了顶她，也追了上去。"大白！黑子！求求你们了！"

菲奥一把抹掉嘴唇上的冰霜，朝四周看了看。她从怀里掏出狼崽，轻轻地抚摸着它，与其说是在安抚对方，不如说是在让自己镇静下来。这时她的脚边响起了一阵窸窸窣窣的声音，她猛地从地上蹦了起来。狼崽被她掐得太狠，喵地大声叫唤了一声，表示抗议。

又是一阵窸窸窣窣的声音。

"黑子？灰灰？"菲奥轻声喊道，她回头看了看，发现有几个影子在挪动，"大白？"

她什么都闻不出来，什么也听不到，可是她的皮肤惊恐地刺痛起来。附近有什么东西在喘气，是人，还是狼？菲奥从刀鞘里拔出刀，跑到一棵树跟前，背靠着它站在那里。

灌木丛里突然蹿出来一个年轻的士兵，手里晃着一盏灯笼。菲奥刚要大声喊，对方便一把将她抓住，一只手捂住了她的嘴。

树枝被分开了，拉科夫骑着马走了出来，另一个士兵在前面牵着马。

"不许动！"拉科夫冲着夜色喊道，"菲尔·彼得罗芙娜！"他把"菲奥"这个名字念成了恐惧[1]。

菲奥挣扎着，狠狠地踹那个士兵的脚踝。

"征缴队的头头报告说见到你了。你竟然会这么愚蠢，听上去这似乎太不可能了。不过，显然这种可能性还是有的。"

菲奥张口就要咬那个士兵的手，但对方扇了她一巴掌，她尖叫起来："救命！"可是谁会来呢？这里只有她一个人。

菲奥猛踩了一下那个士兵的脚背，挣脱出一只手，然后在夜色中挥舞起她的刀。刀擦到了牵马的士兵的肩膀，士兵一边骂骂咧咧地大喊，一边用两只手端起枪，想要在夜色中扣动扳机。拉科夫纹丝不动地坐在马上，灯笼里的灯光正好照亮了他的笑容。

灰灰从树林里纵身扑了出来。菲奥从未见过什么动物跑得这么快。

年轻的士兵举枪瞄准了菲奥的脑袋，灰灰则向他冲了过去。它扬起前腿，去撕扯他的手臂。士兵尖叫一声，掉头就跑，拉科夫的马倒退几步，扬起前蹄，在空中拼命地踢腾着。

---

[1] 菲奥的英文名为 Feo，拉科夫读成了 Fear（恐惧）。——编者注

菲奥大喊一声，踹了抓着她的士兵一脚，与此同时，灰灰跳到了他的肩膀上，撕扯起他的皮肤。那个士兵如同醉汉一样大喊大叫，他转过身，顾不上身上的鲜血，开始用指甲抓灰灰。他的脸上充满了恼怒和痛苦的神色。

神话、传奇和雪花仿佛在护佑着菲奥。

菲奥的腿放松下来。她把狼崽抱在怀里，摇摇晃晃地穿过夜色，径直跑向了树枝低垂的松树林。她一边在雪地上艰难地前行，一边不停地回头张望。跑到最近的一棵树下后，她仓皇地抱着树干往上爬。她恨不能堵住耳朵，不去听从下方传来的可怕的尖叫声和咆哮声，就这样吃力地爬上了最靠近底端的树枝。一回头，她就看到牵马的士兵跌跌撞撞地朝树林跑了过来。

松针落在菲奥的脸上，她的心剧烈地跳着，斗篷也随之颤抖着。

一声枪响。

"不！"菲奥想要惊叫，却只发出了一声无言的怒吼。

这时传来一声真正的野兽的怒吼，黑子像离弦的箭一样从暗处冲了出来，大白紧随其后，它们径直扑向了拉科夫的脚。拉科夫的马发出一声嘶鸣，躲在树上的菲奥转过身子，看到他猛地倒向一边，躲开了狼的袭击，他的枪掉在了雪地上。那匹马蹬着腿，掉头就冲进了树林里。它不断地撞开树枝，惊恐地嘶鸣着，马上之人平贴在它的脊背上。

菲奥原本以为大白和黑子会追上去，咬死他，然而它们站在原地，用鼻子轻轻地蹭着灰灰的毛。

有那么一刹那菲奥还惊恐地以为它们在咬灰灰，随即就看到它们在舔着灰灰身体一侧的伤口。她喊了一声，这一声比上一次更高亢响亮，树上的雪落在了她的脸上和嘴巴里。灰灰一动不动。

"不！"菲奥从树上跳了下来，积雪没过她的小腿，"我来了！"

她踩着积雪下的树根跌跌绊绊冲向了三匹狼，一下扑倒在地上，两只拳头拼命地揉着眼睛。母亲最心爱的狼就躺在菲奥的身旁。灰灰的身子下压着一把手枪，血随着它的呼吸流了出来。

"你哪里受伤了？"菲奥蹲在地上，一只手摸着灰灰的鼻子。雪地上已经蔓延开一片鲜血，可是血仍不停地从灰灰的肚子里往外冒。菲奥轻轻地念叨："不，不，不，不，不！"

灰灰的眼睛张开了，视线落在菲奥的脸上，随即又闭上了。

"对不起。我……我都干了些什么啊?"菲奥想起在炉火旁呼呼大睡的伊利亚、阿列克谢的斧子、那一大堆篝火给人的安全感。狼崽用鼻子蹭着菲奥的手,菲奥轻轻地把它拨开了。

"我……我要给你做一条绷带,就像给大白做的那样。会让你好起来的。"菲奥摸到斗篷的折边,要从上面撕下一条布。"想妈妈了,对吗?想一想等咱们找到她,她看到你的时候得有多么开心。"泪水模糊了月光照亮的夜色。菲奥的胸脯一起一伏,她拼命地撕着布条。"求求你了,求你坚持住。不要……不要走。"她轻声说着。

灰灰的呼吸变得清晰了,听起来粗重而湿润。

"我想……"菲奥吸了一口气,控制住了自己的声音,"我想这样会管用的。"

菲奥想要用绷带裹住灰灰的伤口,可是太黑了,也太冷了。她不知道雪竟然会这么冷。灰灰害怕地躲开了绷带,身子不住地哆嗦着。菲奥还从没见过狼打哆嗦。

她解开了系在脖子下的斗篷,用它盖住了灰灰的身体。

灰灰痛苦地嗥叫了一声。

这叫声让菲奥觉得自己仿佛在看一片森林燃起大火,

目睹一支军队走向覆灭。

她在灰灰的身旁躺了下来，钻进了冰雪中。灰灰缓缓地喘着气，身体几乎没有了起伏，不过它抬起鼻子，枕在了菲奥的下颌上。菲奥用自己的鼻子碰了碰灰灰的，她咬住了嘴唇，拼命克制着自己，不让自己发出一点儿声响。她亲了亲灰灰的耳朵。

她从来不敢亲像灰灰这样骄傲、高贵的狼。

每一分钟菲奥的喉咙和胸腔里都会泛起一阵啜泣，她一次次压制住啜泣的欲望，以免抽泣会震动灰灰躺着的地方。

黑子走过来，坐在了菲奥的对面，将狼的气息吹进她的头发里。大白站在一旁放哨。

菲奥和灰灰躺在一起，直到日出时分。菲奥冰冷的身体变得疼痛难忍，最后彻底麻木了，战栗滑过每一寸皮肤，但是她依然紧紧地攥着拳头。

拂晓时灰灰动了动肩膀。它的动作缓慢极了。

菲奥轻声说："求求你，别离开。等咱们找到妈妈吧，她知道该怎么办。"

灰灰微弱地喘着气，发出一声尖啸。菲奥深深地吸了一口气。"你不能死。我爱你。我太爱你了，我愿意为你去死。"

她全神贯注地往灰灰的鼻孔里吹着气,这样灰灰吸进去的就是轻柔、温暖、熟悉的气息了。她把眼睛闭得紧紧的,以免泪水流出来。灰灰从来不喜欢眼泪,也不喜欢雨,她只喜欢雪。

太阳升到了森林上空,散发出一缕缕红色和紫色的光芒。阳光打在灰灰紧闭的双眼上,它肯定感觉到了,猛一使劲儿就站了起来,后腿痛苦地颤抖着。

"灰灰!"菲奥的胸膛里涌起滚烫的希望,她扑了过去,想要帮一帮灰灰,"好些了?"

可是灰灰走得跟跟跄跄。它踱着步子来到森林的边缘,一头倒在地上。它将自己硕大的爪子指向北方,粗糙而气宇轩昂的鼻子面对着黑暗和前方的旅程。它的胸脯鼓了起来,又落了下去。

此后再也没有鼓起来。

菲奥缩成一团,将一把又一把头发塞进嘴里,冲着茫茫的雪地咆哮着。

狼崽依偎着她的脖子,热切地轻声叫唤着,想钻回温暖的地方。可是当菲奥想要伸出手将它搂到怀里时,才发现自己已经动不了了。冰和雪不曾冻住她的关节,悲里究竟装着多么令人毛骨悚然的想法，于是她小心翼翼地碰了碰黑子，用手在两个洞之间的地面上捶了几下，那个地方一下子就塌陷了。

菲奥停下手，用嘴巴捂暖了一点儿雪，喂给了狼崽。她感觉自己暮气沉沉，非常疲惫，这辈子她还从来不曾有过这样的感觉，也从来没有像现在这样做好了杀人的准备。

菲奥在一棵树上刻下了灰灰的名字，那个名字的下方是拉科夫的名字。考虑到拉科夫有可能再来这里——只是为了以防万一——她还在拉科夫的名字下方刻了一行字："我们这就来。"

死后的灰灰沉得超乎菲奥的想象，她摇摇晃晃地走着，脚步偏到了一边，但她仍不愿把灰灰拖在地上。最终，她伸出双臂，半蹲着缓缓地把灰灰放进了墓坑里，然后用挖出来的土填满。大白和黑子任凭她这样做。尽管她的脚已经失去了知觉，但她仍旧在泥土上狠狠地踩了几下，又往上面踢了几脚雪。

积雪中夹杂着泥土，显然这里有人来过。但是当菲奥确信血腥味已经消失得无影无踪，迷路的狐狸也不会发现灰灰后，她在坟墓上坐下来，将下颌抵在膝盖上，来来回回地摇晃着身子，轻轻地抚弄着狼崽凌乱的毛发。小家伙随着她的摇动有气无力地哀嚎着。菲奥一边摇晃着，一边唱起了歌，那是母亲们唱给小宝宝的摇篮曲。

　　黑子和大白围着菲奥躺了下来，尾巴连着鼻子围成了一个圈。它们睁着眼睛，身体就像石头那样纹丝不动。在狼温暖的包围中，菲奥想到他们还是取得了一个小小的胜利，这世上有些东西用钱也买不到，要想得到就只能自己去争取。灰灰是菲奥见过的最勇敢的生灵，它的墓地就应该有连沙皇都无法得到的东西——狼围成的花圈。

第十二章 狼用牙齿拥抱

菲奥骑在黑子的背上,感觉已经走了好几个钟头,就在这时她看到了城堡。或者说,那不是城堡,而是一座鬼城。

城堡的大门是黑色和金色相间的,有两人高,门上镶有天使和鹰的饰物。它坐落在方圆几英里唯一一座小山的山顶上,看上去壮观得令人震惊。"但是我是不会被一座房子给吓呆的。"菲奥说。

她找了一根棍子,把棍子从城堡大门里插了进去,想看一看里面的积雪有多深。林荫小道上的积雪差不多到她的腰部,"整整一个冬天的雪。"菲奥轻轻地念叨了一声,除了鸟留下的痕迹,积雪上没有一个脚印。菲奥刮掉了大门锁链上的雪,锁链露出积攒了足足一年的铁锈。

"你觉得怎么样?闻起来安全吗?"菲奥问黑子。

一丝风都没有。菲奥把头发推到背后,擦掉耳朵上的雪,可是听不到一丁点儿活物的声响。四周只有白雪皑皑的田野和狼留下的足迹。

两匹狼从大门铁栅栏之间的空隙钻了进去,菲奥隔着大门把身子探进去,将狼崽稳稳当当地放在黑子的脊背上,小声地对黑子说:"求求你了,别乱跑。"然后又对狼崽说:"别在它的头上撒尿。"

现在她的两只手都空了出来,翻过尖头的栅栏应该不难,可是她浑身上下都很疼,因而在快要成功时,她还是从栅栏上掉了下来。积雪接住了她,只是她没想到会吃进去那么多雪。她觉得自己的身子已经渐渐失去了控制,她需要找一个安全的地方睡上一觉。她只想在那里好好地喘口气,想出一个计划,然后他们就得继续赶路了。

阿列克谢说过城堡不是最近才失火的。院子里的树看上去似乎曾经被修剪成了动物的形状,但现在它们都成了一堆横七竖八、丑陋不堪的怪物,上面还裹着厚厚的冰霜。下雪之前没有人清扫过秋天的落叶。菲奥凑到墙跟前闻了闻，几乎已经闻不到烟灰味了。城堡长而不高，呈长方形，两侧都设有塔楼。城堡上有两个阳台，不过已经坍塌了，挂着冰凌。建造城堡的石块是黄褐色和灰色的——狼的颜色，上面留下了一道道烈火烧灼后的黑色痕迹。门两侧的门柱上都蒙着一层厚厚的煤烟。

狼崽尖叫着，用爪子抓着黑子的眼睛，菲奥只好把它从黑子的头上拎起来，放在自己的肩头。"这样就行了。"她说。

菲奥艰难地走在积雪中，想在一楼找到破掉的窗户，但一个也没有找到，于是就拿用来当指南针表盘的小碗敲碎了城堡后面的大落地窗，黑子跟着她钻了进去。出现在他们眼前的是一间天花板很高的大厅，大厅的壁纸被煤烟熏得黑乎乎的，同样黢黑的枝形吊灯只剩下了锁链。她被这个大厅给迷住了，可是她的眼睛在隐隐作痛。她手脚并用地爬上了大理石台阶，看到一个房间就走了进去。这是一间书房，里面满是被熏黑的书。她在地板上躺下来，蜷起了身子。

"我保证不会睡太长时间的。求求你，别咬我的鞋。或者求求你不要啃墙壁，我知道这很难，但我想煤烟对你不太好。"菲奥对狼崽说。狼崽抓了她的下巴一把，她尽量轻轻地拨开了它，"宝贝儿，我得闭会儿眼睛了，就一小会儿。"

🐾

醒来后，菲奥发现自己的鼻子埋在狼的毛发里。她已经这样醒来过成百上千次了，有那么一刹那她全身心地沉浸在动物的肌肤和火炉旁祥和气味的包围中，可是接下来她的脑海中突然浮现出最近几天发生的事情。

内心的那个声音——"妈妈"，又萌动起来了。

菲奥一跃而起，刚刚恢复了温度的脚趾让她皱起了眉头，浑身哆嗦了起来。大白也哆嗦着，不再咬身上的丝绒绷带了。菲奥一只手搭在好朋友的脑袋上，开始探察这座大房子。

城堡的左半部分被烧得空空荡荡，与菲奥的想象中大火造成的结果一样——除了石雕，几乎什么也没有剩下。但是城堡的右半部分由一座宽敞的图书馆和她刚刚睡着的这间小书房构成。这半部分基本上完好无损，只是里面没有一样实用的东西，比如枪、椅子或者衣服。楼下也差不多，右侧是一个舞厅，里面绿色和金色的壁纸已经在烟熏火燎中变得脏兮兮的。看着这间房子菲奥不由得心生赞叹，尽管她并不愿意产生这样的感觉。舞厅的窗户上还挂着原本华美但已烧坏的丝绒窗帘。一楼的楼梯左侧有一间厨房，厨房已经被焚毁了，菲奥心想火肯定就是从这里起来的。另外还有一间已经烧毁的房间，不知以前是用来做什么的，没准儿是客厅。黑子、大白和灰灰原先生活在贵族之家时，对这样的房间可能很熟悉。

菲奥想起了灰灰，不过她又把这个念头压下去了。

这时前厅传来一声嗥叫。黑子在召唤她。

"怎么了？"菲奥飞快地打量了一下四周，想要找到一样武器。似乎所有能挪动的东西都被原先的主人搬走了。

"我这就来！"菲奥从地板上抄起一本烧得只剩一半的书，拿在手里掂了掂，就赶去了大理石铺就的大厅。黑子站在被砸烂的那扇窗户前，窗外是一个披着绿色斗篷的金发男孩。

"伊利亚！"菲奥向男孩冲了过去，玻璃碴子在她靴子底下嘎吱作响。她一把抱住了伊利亚，过了一会儿伊利亚就像狗那样抖了抖身子，她这才放开了他。

"你抱得太使劲儿了！"伊利亚说，不过他还是咧开嘴笑了起来。

"没错，我知道。我忘了，对不起。我习惯拥抱狼了。它们可是用牙齿拥抱的。"菲奥说。

"哦，千万别这样对我！"

"不，不会的。对不起。"

"不要说对不起！菲奥，我们终于找到你了！"

"来吧，进来。不过别从那里进，从这边没有玻璃的地方进。'我们'是谁？"

菲奥一时间有些头晕目眩，她以为伊利亚指的是灰灰，但这是不可能的。

伊利亚踮着一只脚尖在大厅里飞旋起来。"阿列克谢说你会在这里！我就知道你不会出事的！他们就应该多听听我的！"

"伊利亚，我得告诉你一件事情……"

可是伊利亚摇着头。"我停不下来了！我得确保其他人不会错过这个城堡！"他在原地翻了一个跟头，显然他就像是在过节一样欢天喜地，"我就说过你会在这儿！"

"其他人是谁？"

"就是他们啊！"伊利亚将菲奥推到破窗户前，指着窗外。

菲奥向外面看去。窗外只有田野、几座空荡荡的避暑别墅和一棵棵圆滚滚的树。但是空中传来一阵声响，她觉得那不是狼的声音，不是风，也不是雪，而是她以前从未听到过的别的声音。

从地平线上走来了一队小孩子，村子里的小孩子，他们排成一条蜿蜒的队伍，有的人踩着滑雪板，有的人穿着雪地靴。他们挥舞着棍子、木棒或者自己的手，冲菲奥打着招呼。在他们的身后出现了阿列克谢黝黑的脑袋，他的手里拎着一把斧子，肩上坐着克莱拉。

孩子们的斗篷和外套是蓝色、绿色和红色的，就如同菲奥家里的颜料盒一样绚烂鲜亮，在雪地上投下了一块块彩色的光斑。小一点儿的孩子们唱着进行曲，阿列克谢挥舞着斧子指挥大家。谢尔盖则发出了开战似的呐喊，冲着城堡挥舞着双手。

"大人们不想让他们来，所以我就分散了一下他们的注意力，其实就是跳了一场舞。我想他们会觉得我这么做有些奇怪，他们当时正在吃东西，不过还是被我吸引住了，转移了视线，就这样我们跑出来了！我们要把你的妈妈找回来！我把事情全都跟他们说了……"伊利亚突然停住了，瞪大了眼睛。

菲奥，这个让士兵们在提起她时无不敬畏的驯狼女巫，在妈妈被抓走的时候都没有哭，她面对暴风雪、一杆杆枪和冰冷的夜色时只是怒视，可是现在她在颤抖。

"菲奥？"

菲奥摇了摇头，她说不出话来。当世界突然变得那么友善的时候，你会感觉到自己的肺好像被扎破了。她站在大理石舞厅里直哭，泪水顺着鼻子和下巴滑了下去，落在脚边两匹血迹斑斑的狼的脑袋上。

🐾🐾

孩子们全都钻进了城堡，将里面打探了一番，大一些的孩子还帮着小一点儿的孩子擦干净了脸上的烟灰。当这

一切结束后，已经过去了几个小时。这时伊利亚终于不再颤抖了，也不再一遍遍地念叨："他打死了它？他打死了灰灰？"

他和菲奥穿过房间，避开其他人，聊着各自的想法——再见到拉科夫的时候怎么对付他。

最终，他们带领着小一点儿的孩子来到了舞厅。赶到城堡的孩子中有几个年龄比较小，有两个包得严严实实的七岁男孩格雷戈尔和叶尼夫，还有姐妹俩瓦西利萨和佐娅，她俩都长着一双硕大的眼睛，身上穿着白色的外套，活像是冰雪精灵。谢尔盖让他们都站好,八岁大的谢尔盖具有至高无上的地位,他们与还在闻来闻去的波格丹、克莱拉、亚娜,以及大约十四岁、眼睛看上去十分警觉的女孩伊连娜汇合了。伊利亚从麻袋里掏出一块黑面包和几块猪肉馅饼。孩子们跺着地板,你争我抢了好一阵,突然所有人都在舞厅的地板上坐下来,一起抬头盯着伊利亚、菲奥和阿列克谢,一边嚼着,一边听着。

"我赞同对圣彼得堡发动袭击。大人们还在讨论该怎么办,或许得讨论上几个星期。咱们现在就动手,或者说,至少很快就要动手。"阿列克谢说。

"可是,菲奥的妈妈怎么办?咱们就是来救她的啊!"亚娜说。

阿列克谢看上去仿佛一时间忘记了这回事,但他很快又恢复了镇定。"没错!两件事情要齐头并进,咱们要闹出足够大的动静和乱子,这样菲奥就有时间闯进克列斯特监狱了。"

"咱们可以咬那些卫兵!"谢尔盖龇着牙花说,"就像狼那样,只不过要更狠一些。"

"我想得要比这个稍微复杂一点儿,倒不是说不能考虑咬人这个办法。"阿列克谢说。

之前阿列克谢一直靠在门口，这时他突然抓住门框，甩着两条腿，仿佛在踢一个隐形的士兵。"这个国家不是只有我们痛恨拉科夫和他的手下。他已经往城里派了征缴队，有人正在等反抗的由头呢。咱们就能给他们一个由头。"

"可是，什么由头呢？"菲奥坐在舞厅的窗台上，狼崽在她的大腿上，黑子和大白在她的脚下。大白嚼着没有完全烧毁的窗帘。"妈妈就是我们反抗的由头？"

"算是吧，但是我指的是你和你的狼。想想看，菲奥！你，站在门柱上——肯定哪里都能找到门柱，就把自己对拉科夫做过的事情讲给大家听！就是拿滑雪板砸中了他的脸！然后你就像率领一支军队一样带着几个小孩子进城去，在大街上游行示威，让狼跑在你们的前面。这样其他孩子就会跟上咱们！"

"他们知道怎样游行示威吗？"伊利亚说。他坐在那里，用膝盖托着下巴，大喊大叫了一会儿后，他仍旧时不时地打着嗝，不过他的声音很坚定。"这得花些时间。我想应该是这样的。"

"咱们可以训练他们！"阿列克谢一边说，一边在空中挥舞着拳头，他的热情感染了大家，"等我教会瓦西利萨和佐娅咬人吧！我们会变得十分凶猛！你们等着瞧吧，明天就开始做头一件事情。"

"可是我得赶快走了。已经是星期一了。"菲奥说。

"小孩子们都太累了。明天行动吧。"亚娜说。

菲奥想说"那我自己去",可是回想到前一天晚上树林里发生的那一幕她仍感到痛苦不已。"好吧,那就明天吧。我们带着狼一起去,到了监狱它们或许能帮上忙。"她说。

"他们不会允许一群野狼进入城中心的。"

"这些狼不算太野。"菲奥说。

"他们有可能不放我们任何一个人进城,在大门口就把我们拦下了。拉科夫很紧张,他们会把看起来不顺眼的人全都拦下来,这就意味着除了公爵和当兵的,其他人都会被拦住。"亚娜说。

"咱们可以翻墙!"谢尔盖一边说,一边狠狠地踹了墙壁一脚。

"谢尔盖,你连那棵老橡树都爬不上去。"亚娜说,"不管怎样,翻墙进去的人可统统没法儿活命,不是吗,阿列克谢?"

菲奥一直用头发遮着脸,认真地考虑着。这时她把脸露了出来。"我想我有主意了。"这个主意在她的心里咝咝地冒着泡，然后奔涌出来，一直流到她的指尖，让她感到一阵刺痛，"有谁会缝衣服吗？"

孩子们吵吵嚷嚷地喊了一阵："什么？""干什么？"

"你打算把拉科夫缝起来？"阿列克谢说，"菲奥，这可算不上最好的进攻计划啊。"

"真的，我保证！这是我想过的最好的主意。"

所有人的眉毛都扬了起来。

"我知道如何进城，至少我们中的一部分人进得去。你说过他们不让穿得破破烂烂的人进城。但我们都知道只有贵族才养得起狼，所以，如果我们扮成富人呢？如果我们用狼当掩护呢？"

伊利亚盯着菲奥，他的目光无动于衷。"听完我要跟你说的话后不要慌，好吗？菲奥，你已经疯了。"

可是阿列克谢大步走了过来，一巴掌拍在菲奥的背上，放声大笑了起来。黑子和大白发出了嗥叫，它们是在警告他，结果他笑得厉害了。

"你们听到了吗？这听起来才像是一个真正的好点子。我已经听到了拉科夫垮台的声音。"他说。

第十三章　一切都在眼睛里

事实证明，很多人都会缝衣服，或者说，至少很多人认为自己会缝衣服。第二天清晨，亚娜、波格丹，还有瓦西利萨和佐娅姐妹俩把窗帘扯了下来，并向菲奥借来了刀和指南针上的别针。"这个可以当针用，如果你不介意针脚太大的话。"亚娜说，然后他们就忙活了起来。

"记住，用不着缝得那么完美。它们大部分都会被我的斗篷盖住。"说完菲奥就被拉走了。一整天，无论她走到哪里，总有人伸出手拉拉她的胳膊、脚踝或者斗篷,她从没有想到自己的胸口和双手竟然会感到一丝丝的温暖。

征得同意后,谢尔盖率领着一支队伍走出了城堡,去了外面的小屋。他们想找一些武器。

"只是,不要自己人打自己人,好吗?就连练习也不行。"菲奥说。

伊连娜在墙上敲了敲,以引起大家的注意。"你们知道比裙子更重要的是什么吗?是鞋。你不能穿着靴子,如果你是伯爵夫人的话。"

"可以,我可以!没有人会看见的!"

"可是如果他们看见了呢?"

所有人都盯着菲奥的靴子看。靴子的头部已经烧焦了,散发出一股奇怪的气味——一股狼尿和血的气味。这可不是在金碧辉煌的客厅里悠闲地把鱼子酱丢给狼的人会穿的鞋。

"要是他们真的看到了你的靴子,那你就完蛋了。"

"谁能跟我换一下鞋吗?"可是其他人的鞋同样糟糕,甚至还不如她的。

"咱们能给她做一双靴子吗?"亚娜说。

"拿什么做?我还是冒险穿着这双吧。"菲奥说。

"等一下！"伊利亚说，他的脸上突然浮现出一丝兴奋，"现在我有主意了！芭蕾舞鞋！"

"可是谁有呢？"菲奥说。

"皇家芭蕾舞学校！"伊利亚两只脚交替着蹦来蹦去，"就在城门外两英里的地方！"

"你怎么知道的？"

伊利亚在房间里腾空劈了一个叉。"以前，每天晚上我都透过窗户观看，我就是这样学会跳舞的！有时候他们会扔掉一些鞋，一个真正的芭蕾舞女演员每个星期都会淘汰不止一双鞋。我以前就捡到过鞋。"他打了一个侧手翻，"现在我就出发！他们都认识我，算是吧，当然也不是完全认识，不过至少校工常常看到我在学校外面晃悠。来回用不了多久！"

"那你怎么过去？"

"我借波格丹的雪地靴。"

"啊，真的吗？"波格丹说。可是阿列克谢看了他一眼，他便点了点头："好吧。"

"我也能去吗？"菲奥说。

"不行。到时候我们需要你试一试裙子，但可以让别人陪他一起去。"亚娜说。

"我不需要别人陪着!"伊利亚说。

"阿列克谢可以去,他是年龄最大的。"菲奥说。

伊利亚脸红了,那张脸拧成一团,笑容想藏都没藏住。他带着阿列克谢沿着小路而去,一边走,一边指了指圣彼得堡的方向。菲奥一直看着他们翻出了大门。

亚娜走到了菲奥的身后。"谁跟你一起进城?你这个年纪的贵族是不可能独自出门的。"

"显然是伊利亚,还有阿列克谢。"

"可是他们穿什么呢?"亚娜问。

"伊利亚穿他的军装就行。有些脏,不过不仔细看的话也看不出来。阿列克谢可以穿上我妈妈的绿斗篷,谁都看不到斗篷下面的衣服漂不漂亮。"菲奥说。

亚娜说:"很好。要是有人问,你就说阿列克谢是你的哥哥。"

"远房表哥。他看上去跟我一点儿也不像。"菲奥说。她心想真遗憾,长得像阿列克谢真不是一件太糟糕的事情,有点儿像肌肤里包裹着阳光。不过她的手上有几道灰灰留给她的伤疤,那时候灰灰还是一只没有完全恢复野性的小狼崽,世上的任何东西都换不去这些伤疤。

🐾

几个小时后,谢尔盖和他的队伍从院子里冲进了城堡,他们七嘴八舌地嚷嚷着,还不停地抽着鼻子。

"快来看!快来看!"

"看什么?"

"令人惊喜的事!阿列克谢和伊利亚在哪儿?"

"还没回来。"菲奥说。

可是这时大门咣啷响了一声,两个又瘦又长的身子落在了车道上,然后就朝城堡跑了过来。伊利亚的手里挥舞着一样东西。

"我们找到了!至少……"他迟疑了一下,"阿列克谢找到了。"

"伊利亚在忙着听音乐,他……分心了。"

菲奥这才注意到伊利亚沾满白雪的脸颊涨得红彤彤的。"就分心了一小会儿,我想看一眼舞蹈演员。"

菲奥分别打量着这两个孩子。"怎么了?谢尔盖,你先进去,我们这就来。"然后她又急切地问道:"伊利亚,出了什么状况吗?"

"他跳了舞,"阿列克谢说,"完全暴露了!就在一楼的窗外!他在模仿他们——模仿那些舞蹈演员,别人能把他看得一清二楚!"

"有人看到了吗?"菲奥说。

"有一个人,"伊利亚说,他的面颊和鼻子都变红了,"就一个人。"

"伊利亚!你当时完全有可能被抓住!"

"可是我没有!有一个男人,我想是一位教师,他来追我们了。不过这样一来,舞蹈演员们的注意力就被转移了。"伊利亚的声音里透着一股恳求原谅的腔调,"阿列克谢在垃圾堆里找到了鞋。"舞鞋是白色的,比菲奥的脚大一点儿,她心想这样正好还可以穿上袜子。

"鞋有点儿破,但很干净。里面可能会有一丁点儿血,不过所有的芭蕾舞鞋都是这样的。"

谢尔盖从屋后跑了过来,朝他们丢过来一个雪球。"好啦,快来啊!你们也来!所有人都得来!"

"怎么了?"菲奥问。

佐娅说:"秘密。我们为你们准备了一个秘密的东西!"

其中一个小男孩开口说:"是一个老……"但是谢尔盖一把捂住了他的嘴巴:"嘘!你不能泄密!"

一双双小手抓住了菲奥,拽着她转过了城堡的拐角,这些小家伙在积雪中走得很费劲。阿列克谢把克莱拉扛在肩膀上。谢尔盖指着远处，那里的积雪已经被几只小脚丫踩得乱七八糟。

"就在那里！"

那是一架狗拉的雪橇。菲奥还从未见过这么美丽的雪橇。它是用银光闪闪的金属做成的，孩子们已经用袖子和破布头把它擦得锃亮，还给下面的滑板上了油，在把手上挂了一盏灯笼。

灯笼被涂成了红色。

"这都是你做的？"菲奥问。

"是的！"谢尔盖说，"唔，亚娜帮了一点儿忙。"

比谢尔盖高出一头的亚娜在他的身后做了个鬼脸说："是很大的忙。"

"我们觉得你不能骑着狼进城。"波格丹说，"谢尔盖，你跟她说。"

谢尔盖点了点头："人们都不骑狼。我去过那座城市，人们都不骑狼。"

"没错。"菲奥说，她真想亲一下谢尔盖，尽管他的脸那么严肃、那么脏，"我想也是的。"

"可是你得快点儿赶路，那可是一座大城市。狼可以拉雪橇。"

"太棒了！谢谢你。"菲奥说。

"别抱我。伊利亚说你抱起别人来就像一匹狼！"谢尔盖说。

菲奥羞红了脸，不过又逼着自己笑了一下。她猛地冲了过去，小孩子们兴奋又欢喜地尖叫起来，然后就消失在了城堡的拐角，亚娜跟在他们身后。

菲奥轻轻地摸摸雪橇。"真是个好东西。瞧啊，瞧瞧这把手，闪闪发亮。他们一定擦了好几个钟头——就在雪地里。"

就在这时，亚娜从舞厅的窗户里探出了身子。

"菲奥，来试试裙子！"她喊道。

菲奥的心口猛地震动了一下——裙子做好的话，她差不多就该启程了。

谁都没有梳子，不过他们将就着用手指梳了梳头，谢尔盖还得意洋洋地从外面的小屋找来了一把牙刷。菲奥穿着内衣在舞厅里瑟瑟发抖，亚娜把裙子套在她的头上，佐娅扯掉了裙摆上的一根线头。

"她穿好了!"佐娅说,"所有人都来看一看吧!"

大厅里响起了一阵喧闹声,舞厅的门猛地打开了,孩子们蜂拥而入,伊利亚和阿列克谢走在最后,两个人一边走,一边窃窃私语着。

突然间,大家一下子鸦雀无声了。

一条跟菲奥的手臂一样粗的辫子在她的头上盘了一圈,然后垂下来,发梢一直垂到了她的膝窝。孩子们把辫子扭得很紧,这样毛糙的头发全都藏了起来。菲奥肤色苍白,但是下巴很坚毅。裙子就是一个套在脖子上的方桶,下摆垂在地上。她的腰里紧紧地束着从吊灯上拆下来的银链子,克莱拉用雪和自己的袖子把链子擦得亮亮的。

菲奥使劲儿将肩膀向后挺,把脊背绷得直直的。"如果感觉有些奇怪,那就说明你做对了。"亚娜说过,她的下巴扬得高高的。

"也不要朝两旁看。我去过圣彼得堡一次,有钱人全都目不斜视。记住,你从小到大都非常清楚不会有人挡你的道。"亚娜说。

女孩们又往菲奥的嘴唇上抹了一点儿用雪化开的红颜料,颜料是她们从外面的小屋里找到的。菲奥的嘴唇被涂成了紫红色。芭蕾舞鞋是白色的,让她有绷直脚趾的冲动。菲奥大步流星地在舞厅里走来走去,裙子拖在地上,发出了杉树一样沙沙的声音。

"噢,比我预想的好多了。"伊利亚说。

亚娜调整了一下裙子,再退后两步看看。"咱们还需要一些金饰。伯爵夫人都要戴金饰。"

"我没有。没出这些事情之前我还有一条金链子,可是现在没有了。"菲奥说。

"我知道啦!"伊利亚说,"图书馆里有一摞书!"

"什么?"阿列克谢嚷嚷道,可是伊利亚已经不见了。

几分钟后,伊利亚抱着一摞没有完全烧毁的书回来了,书一直顶到了他的下巴。在菲奥看来,伊利亚并没有流露出读书的热情。

"烫金的字!看啊,瞧啊,用指甲一抠就下来了!"

所有人都扑在书上。这个主意似乎让几个小一点儿的孩子欣喜若狂。

菲奥轻轻地往自己的手指上涂了一些,然后在外眼角、眼皮和指甲上点了几下。

金粉足够多了,菲奥还在黑子的眉毛上抹了一点儿,又给大白的耳朵上贴了几片金箔。她心想,毕竟狼是她的掩护，它们理应被打扮成出征的勇士。

最后，孩子们都退后了，留下菲奥一个人站在舞厅中央，两匹狼陪伴在她的左右。

"童话就来源于这种东西。"阿列克谢一边说，一边仔仔细细地打量着孩子们的作品。

🐾

这天晚上，菲奥驾着雪橇进入了圣彼得广场，雪已经开始融化了。

一群孩子聚集在芭蕾舞剧场外讨要零钱，菲奥出现时，他们全都站了起来。他们抬头看了看天空，又低头看着这个女孩。没有雪花的天气差不多就同眼前的这个女孩一样出奇。

确实只能说"差不多"一样出奇，因为无论天气如何变幻，这个女孩永远都是那么出众。刚刚洗过的血红色斗篷垂在她的身后，她的前臂——从肘部到手腕，满是抓痕和淤青，但她的两只眼睛金光闪闪。坚毅的下巴仿佛在说早餐前她已经杀死了一条巨龙，而她的眼神又似乎在昭示她已经把巨龙吃掉了。

坐在雪橇上的男孩身穿军装，目光坚定，在把冒险当家常便饭的人的眼里是看不到这种目光的，只有刚刚发现自己竟然那么勇敢的人才会有这种目光。迈着沉重的脚步跟在雪橇后面的小伙子裹着绿色的丝绒和兽皮，他的大半个脸都被遮住了，不过人们还是看得到他的嘴巴，那张嘴浮现着笑意。

但真正不同凡响的其实是女孩驱赶着的那两匹狼，大街上的孩子们一边直勾勾地看着它们，一边交头接耳地议论着。汗水和冰霜令这两匹狼闪闪发光，它们隆起的后背肌肉饱满，身上还点缀着金粉。

就这样，他们来到了监狱门口。菲奥还从未见过监狱，不过她在书中读到过对监狱的描述。眼前这座监狱出奇地高大、美丽，四座庞大的红砖辅楼环绕着中间的瞭望塔。这座监狱也很吵闹，囚犯们的叫喊声、时不时冒出的大笑声和呻吟声响彻内外。菲奥打了一个哆嗦，默默祈祷着呻吟声不是妈妈发出的。

由于没有成年人同行，进城变得容易多了，菲奥心想

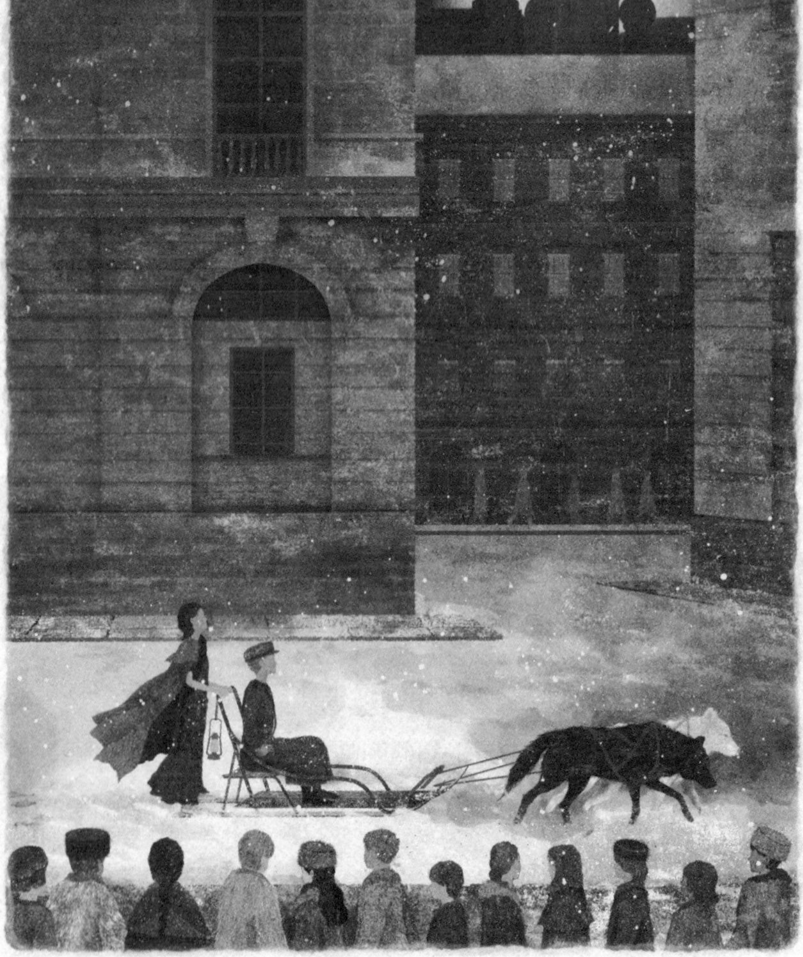

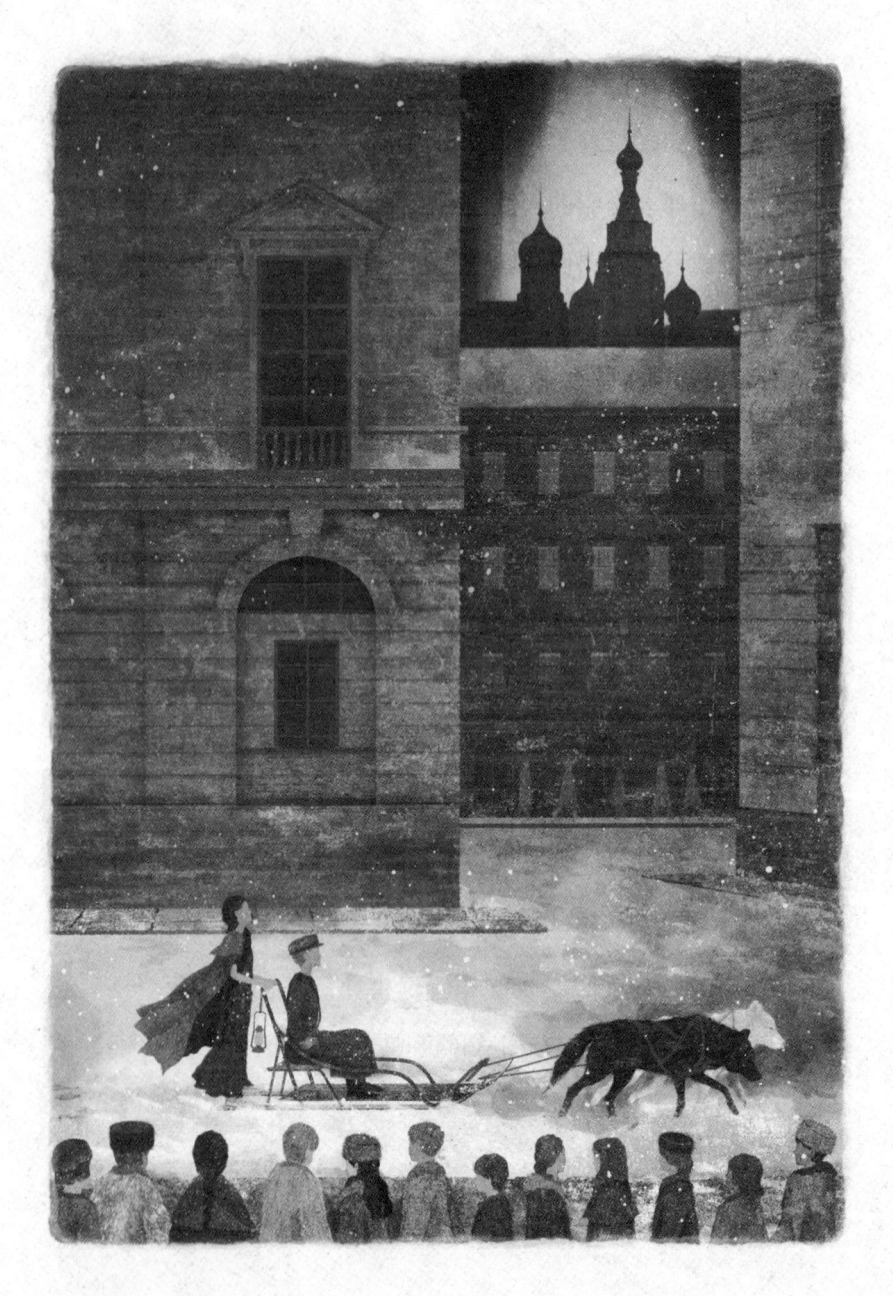

很有可能人们就是不会对小孩子产生怀疑。只有阿列克谢与其他人不太一样,他懒洋洋地靠在城门上,看上去既不像成年人,也不像小孩子——像个战神和一棵小树苗的孩子。菲奥觉得人们很可能对孩子没有什么戒心。他们花了半个小时才找到监狱,伊利亚也承认自己的方向感确实不如狼。他们在监狱的拐角处停下脚步,开始商量对策。

"怎么样?"菲奥瞅了瞅卫兵,又看了看伊利亚,"我应该摆出一副傲慢的样子,还是可爱的样子?"

"我认为对把守城门的卫兵应该傲慢一些。"

"没错。他们才不在乎你可不可爱,他们可是哨兵。可爱对不善观察的人才会最有效。让自己显得自信一些吧。"阿列克谢说。

菲奥点了点头。她感觉自己这张"自信"的脸极像"怒气冲冲"的脸,不过现在只能这样了。

两匹狼轻轻地朝着监狱的石拱门走了过去。身着军装的人正列队走在监狱的院子里。

菲奥打量了一下卫兵,视线从对方的靴子一点点向上挪到了胡子。她想故意咬着舌头说话,但最终还是放弃了这个想法。

"伙计,晚上好。"她说。

她感觉到身后的阿列克谢在点头。

"唔,我父亲说我应该在里面等他。"她说。

"谁?"

"我父亲。"

"是的,可是您父亲是哪一位?"

菲奥随口说出脑子里冒出的一个姓氏。"伍尔弗维奇[1]。这位是我的表哥,那位是他……最宠爱的士兵。"

伊利亚愤愤地瞪了一眼菲奥。

"我不知道这个名字。不过,我可以叫个人来,请稍等一下。"卫兵说。

"我父亲是沙皇的表亲。"菲奥迅即说道。她强迫自己憋出一副惊讶的腔调,"要是听说您居然不知道他的大名,他肯定会很吃惊的。此外……噢……很多时候谁要是让他感到惊讶,那个人肯定会吃上些苦头。"

"我……"卫兵变得犹豫了,他回头瞟了一眼。

"听人们说卫兵都是受过良好教育的。如果不是这样,我就会跟他说……"

"不必这样,小姐!"

---

[1] "伍尔弗维奇"原文为 Wolfovich,该词前半部分 Wolf 就是狼的意思,后半部分是俄国人姓氏的常见结尾。——编著注

"那请你放我们过去吧。"

"当然。不必客气,小姐。多漂亮的狼啊。"

"谢谢你,我知道。"菲奥说。

"它们真是顶好的宠物。"卫兵冲着黑子那一身夹杂着金色斑点的毛皮谄媚地笑着。

菲奥舔湿了自己的嘴唇。两匹狼感觉到了她的战栗,黑子的颈毛随即乍了起来。"没错。谁说不是呢。"她说。

"好的,您大概知道怎么走。您可以在典狱长的阅览室里等,就在中央塔楼的四楼。不要靠近牢房。"

对于爬上四楼菲奥没有把握,因为狼不喜欢爬楼梯。这时伊利亚冲她做了一个意味深长的鬼脸,可是看起来她没有选择的余地。楼梯是大理石的,上面立着粗粗的黄铜栏杆,两匹狼的爪子在爬楼梯时发出啪嗒啪嗒的声响。在菲奥听来,这响亮的声音能把这里所有的士兵和囚犯都召唤来。

不过,在他们往楼上爬的时候,一个人都没有出现。二楼楼梯的旁边有一个大理石的凹室,里面摆着一座表情严肃的圣徒塑像和一把小小的大理石长椅,菲奥猫着腰钻了进去。自己竟然来到了这里,她的喉咙里不禁泛起一股骄傲的滋味,她不得不克制着,以免自己咯咯地笑出声。

"伊利亚,"她说,"伊利亚,之前你摆出的那张鬼脸是什么意思?"

伊利亚的脸红彤彤的,但是毫无喜色。他怒气冲冲地看着菲奥,说:"我想要告诉你,咱们应该去牢房所在的辅楼,而不是上中央塔楼这里来。"

"哦,我没看明白你的表情。下次争取让你的表情更确切一些吧。"

"表情本来就不是确切的东西,它只能表达大概的意思!"

"事实上我的表情就很确切,而之前你的表情明明是在说:'有人在逼我亲我的姨奶奶。'"说完她冲着伊利亚咧嘴笑了笑。

"伊利亚,现在往哪儿走?"阿列克谢的声音打断了他们的拌嘴。

"我不知道,"伊利亚说,他的目光避开了阿列克谢,"我知道这里有四座辅楼,形状就像一个'十'字。"

"没错。可是妈妈关在哪一座楼里?"

"我不知道。我还以为这里会有女牢房的指示牌,可是根本没有。真抱歉。"

菲奥的笑声和希望一下子全都消失了。"我还以为……只要进来，一切就不难了。我还以为咱们至少能见到她。"

伊利亚说："我觉得南楼有可能是女牢房，不过……我也不确定。"

不过，阿列克谢似乎很镇定。"咱们可不能瞎猜，咱们只有一次机会。如果猜错了，他们就会按警报，咱们全都要进监狱。咱们可不是这么计划的，所以……"他扭头看着伊利亚，"杂役会在哪里？"

"怎么了？"

"杂役总是比其他人更了解一个地方的详细情况。"

"可是他们不会告诉你！"

"我发现其实无论你想知道什么，别人都会告诉你的，只要你足够友好，只要旁边没有其他人在场就行。而且，只要打量一下对方，你就能看出来他会不会跟你聊很多。"阿列克谢说。

"怎样做？"菲奥心想这种知识很实用。

"一切都在眼睛里，还有撇嘴的样子。留意下眉毛比大多数人高一点点的那种人，还有嘴巴像这样的人。"阿列克谢把嘴巴张开了两毫米，然后微微地噘起，"就好像他们随时打算开口说话似的。"

"那咱们走吧!"菲奥说。

"还要留意语速快的人,这种人常常在没有意识的情况下就已经把消息透露出去了。我很清楚这一点,因为我就是这样的人。"

没有人阻拦他们。他们大摇大摆地走在铺着瓷砖的地板上,狼的爪子如同高跟鞋一样咔哒咔哒地敲打着地板,没人眨一下眼睛。这两匹皮毛光亮的狼看上去就像是变成了某种伪装色,让他们自然地融进了所处的环境。忙碌的人们三三两两地从他们身旁挤了过去,其中一些人也牵着他们自己的狼,有几个人还冲着菲奥露出慈爱的笑容,菲奥则一个劲儿地缩着脑袋。

厨房的门被刷成了白色,从门里传来叮叮当当洗盘子的声音、突然响起的歌声,还有忙碌的脚步声。阿列克谢领着他们走了进去,笑呵呵地为两匹狼要了一些肉。

"这是伍尔弗维奇将军的命令。"他说。

厨房里有一个穿着一身黑衣服的女孩,她正在擦拭银器。

菲奥慢慢地挪到了女孩跟前:"你得擦多长时间?"

女孩的头发高高地盘在头上,当她干活的时候发髻就剧烈地摇晃着。"几个小时,小姐。"菲奥仔仔细细地将她打量了一番,在她回话的时候她的眉毛挑了起来。没准儿她就是一个愿意开口说话的人。

"这有多少勺子?"

"这次得有一百多把,是为军队今日举办的晚宴上用的。到时候会来三十个人,但每个人有四把勺子。"

"什么!"菲奥倒吸了一口气,随即打住。她原本想说"这究竟是为了什么?"可是伯爵夫人应该知道答案。于是,她说:"多么……多么繁重的工作啊!"说完就自顾自地皱了皱眉头。掩饰不是一件容易的事情。"他们在庆祝什么?"她又问。

"他们抓到了一大批煽动分子,小姐。至少他们是这么说的。其中绝大多数其实都是无家可归的流浪汉,可是他们想要把这些人从大街上清理干净,因为星期四拉科夫将军要来这里视察。"

"他们要怎么处置这些人?"

"我不知道。跟拉科夫有关的事情,没有人会知道答案。他长了一颗残暴的心,那个家伙!"女孩惊恐地睁大了眼睛,"他……不是您父母的朋友吧?但愿不是,小姐。"

"不是,"菲奥说的完全属实,"跟我说说他的事情吧。"

"嗯,还有一个可怜的女人也被他们从乡下拖到这里来了。拉科夫一心想要将那个女人判处死刑,他说都是因为她,他才失去了一只眼睛。"女孩压低声音,"他想亲自看着那个女人被处死。"

"可是……她是不会让自己受审的。"

"什么?"

菲奥晃了晃身子。"呃……我是说,但愿他们能保证她的人身安全,直到审判的那一天。"

女孩多少有些骄傲地撩开遮在眼睛前面的头发,说道:"小姐,这里可是全俄国最安全的监狱。"

"那么,她……她就在最安全的辅楼里?"

"嗯,小姐,这里关押女囚犯的只有一座楼——北楼。眼下那里几乎没什么人,不过这种情况马上就要改变了,这就是拉科夫将军的做派。"

"真有意思。"菲奥说。她差一点儿脱口而出一句"谢谢",不过及时打住了。她断定伯爵夫人大概不是把"谢谢"

挂在嘴边的人。她拼命忍着才没有冲出厨房,径直奔向监狱北楼。可是,走出厨房的时候,阿列克谢紧紧地抓住了她的胳膊,将她和伊利亚推进了一间空无一人的书房。

"她在北楼!"菲奥嚷嚷着,"她就在那里!"她甩开了阿列克谢的手,如同跳芭蕾舞一样转了一圈,"咱们走吧!"

"现在咱们还不能过去。我跟厨师聊过了,他说每两个牢房就有一个卫兵把守。你没法靠近她。"阿列克谢说。

"咱们只需要跑快一点儿!走吧!她就在那儿,在等着我!你会跟我一起去,对不对,伊利亚?"菲奥说。

可是伊利亚一脸的严肃。"咱们不会成功的。绝不可能成功。咱们需要人手,需要一支军队。"

菲奥来来回回地打量着这两个男孩。"我就知道你会跟阿列克谢站在一起!"

伊利亚的脸变成了深褐色。"这跟阿列克谢毫无关系!这是事实!"

菲奥泄了气,一屁股坐在了黑子身旁的地板上,把脑袋靠向黑子身体的一侧。"我只想见到她。"

"可是,菲奥,咱们有一支军队!"阿列克谢说,"就在家里!咱们只需要让他们做好准备,这样咱们就可以向这座监狱发起进攻了。咱们可以一边分散敌人的注意力，一边帮你妈妈逃出监狱。"

"什么时候？"菲奥掸掉了眼睛上的一些金粉，狠狠地咽了一口唾沫，攥紧了拳头，"明天吗？"

"星期四。就在拉科夫来视察的时候，到时候这些人不是在参加检阅，就是忙着擦亮扣子。那时咱们的机会就来了。"

"怎么做？"

"首先，咱们得训练一下咱们那群'暴乱分子'，然后就行动起来。"阿列克谢说。

第十四章　熊熊燃烧的烈火

孩子们在没有完全被烧毁的图书馆里酣睡着,全都挤在从家里偷出来的毯子下面。铺着大理石地板的舞厅太冷了,不适合睡觉,而图书馆里的书可以将寒气挡在外面。夜里菲奥哭醒了好几次,每一次醒来时,孩子们酣睡的声音总能给她一些安慰。

第二天清晨,培养合格"暴乱分子"的训练开始了。

阿列克谢把孩子们从被窝里揪起来,他们一个个仍旧沉浸在温暖迷糊的睡梦中,谁都不乐意被带进舞厅,那里就像外面的雪地一样寒冷。不过谁都没有对阿列克谢说"不",对他说"不"的结果就如同对旋风说"不"。

"很好!"阿列克谢在孩子们的面前踱着步子,他的袖子挽得高高的,刘海用一根布条挡着,"在大家学本事之前咱们得热热身,没有谁能用冷冰冰的脑子学本事。"

"我去生火。伊利亚的包裹里有火柴。"菲奥说。

"不用!咱们就在舞厅里跑上三十圈。"阿列克谢说。

人群中传出了呻吟声。

"谁要是哼哼唧唧,明天晚上就跟狼一起在外面过夜。"

菲奥张开嘴,想要表示反对,这对狼似乎不太公平,可是阿列克谢的脸色容不得丝毫的反对。

"听着!"他摊开了两只手,"小孩子比大人弱小,这是事实,所以咱们得更快、更勇敢。这是数学。菲奥,你用不着跑步,除非你自己想跑。到时候你不会跟大家待在一起。"

菲奥还是参加了跑步训练。一开始,赶超所有人对她来说是一件有趣的事情,她飞快地超过了几个小孩子,接着又超过了懒懒散散迈着大步的伊利亚。伊利亚不停地用胳膊肘撞着别人,菲奥心想如果他多动脚脖子,少用膝盖,他的速度就会快很多。她打算等阿列克谢不在场的时候跟他说一说。最后她连阿列克谢都超过了,当她赶上来的时候阿列克谢看起来有一点儿惊讶。他加快了脚步,两只肩膀向前倾斜着,塞在腰里的衬衣也蹿了出来。菲奥也加快了速度,当她再一次超过他的时候,他嘟囔了一声,然后就把注意力转向了亚娜和伊连娜。"你们跑得就像是有人会根据你们跑得漂不漂亮给你们打分似的,要跑得像有狼在后面追你们一样!"他嚷嚷着。

菲奥忍着没说,如果真有狼在后面追,这样的跑法与其说有用,不如说乐观。

"好啦!够了。所有人都坐在地上。咱们有一些苹果干——瓦西利萨,你愿意分发一下吗?"说完阿列克谢又小声对菲奥说,"是谁教会你那样跑的?"

"妈妈。"菲奥看着自己的两只手,"要是你从小就在雪地上跑,那么在打过蜡的木板和石板上跑对你来说就是小事一桩了。我从小就把狼的速度当成正常速度,和它们相比,我算跑得慢的。"

菲奥找了一个借口,没有参加格斗训练,眼下她已经受够了血腥味。她坐在窗台上,怀里抱着狼崽,用指尖蘸牛奶喂它。

阿列克谢就像狮子一样在孩子们中间踱来踱去,他们坐在地上，抬头望着他。"到了监狱之后咱们有一个有利条件——卫兵不能当众向小孩子开枪。或者说，他们可以开枪，但是人们似乎不太喜欢这样的场景。"他直勾勾地盯着谢尔盖，后者正在啃自己的指甲，"老实说，我也不清楚为什么会这样。

"所以，咱们要练习进攻。等到了圣彼得堡，你们一旦很恐惧就无法思考，还会犹豫。但是，如果你们的肌肉很清楚自己应该做什么，即便你们的大脑感到害怕，肌肉也会履行职责的。通过训练，我们要让你们的身体比你们的大脑更英勇，明白吗？这就是军人要做的事情。"

"我才不会害怕呢！"谢尔盖说。

"去年，闪电击中那棵橡树的时候，你都尿床了。"波格丹说。

"我没有！"谢尔盖火冒三丈地看了小伙伴们一眼，"是天花板漏雨了。"

"就恰好漏在你的床垫上，没漏在别的地方？"

"安静，全都安静下来！"阿列克谢说。他狠狠地砸着墙，但是喧闹声还是没有消失，"听着，听我说！"显然他也感到力不从心。菲奥心想小孩子甚至比狼更难管束。她咧嘴笑了笑，轻轻地嗥叫了一声，黑子立即接了下去,随即窗户就颤动起来。

所有人都蹦开了几英寸,房间里顿时就安静了下来。

"谢谢你。好啦!"阿列克谢说,"刚才我说什么来着?噢,是的,卫兵有很多咱们没有的优势。他们受过训练,可是咱们速度快、身子轻,能顺着排水管爬上去,他们追不上咱们。咱们的脚步声也没有他们的那么重,而且他们想不起他们早就知道的事——怎么咬人,怎么吐口水,怎么使用自己的指甲。咱们可不会像绅士那样打架,你们听懂了吗?"

菲奥扬了扬眉毛。

"也不会像淑女那样。"阿列克谢接着说道,"等咱们一进入监狱,就没有规矩可言了。你们可以扯他们的头发、踹他们的腹股沟、咬他们的耳垂,做得到吗?"

"可以把他们绑起来吗?"谢尔盖说。

"可以。"阿列克谢说,"很好。可以!"

"能扯掉他们的胡子吗?"

"可以。不过,我想胡子应该很结实,不过你们可以试一试。"

"能踢他们的小腿吗?我一直想这么做,可是妈妈说小腿太容易断了。"

坐在窗台上的菲奥咧开了嘴。她知道谢尔盖在说什么，小腿实在太诱人了。

"可以！"

"咱们可不可以……"

"可以！什么都可以。记住，最脆弱的部位是鼻子、腹股沟、小腿和眼睛。"

孩子们仰头盯着阿列克谢，每一个人的脸上都挂着喜悦的表情。

"咱们有什么武器？"伊连娜问。菲奥心想，她看上去跟阿列克谢太像了，只是棱角没有阿列克谢的那么分明，也不像他那样漂亮得令人心慌意乱。或许她也是他的表妹。

"还不太清楚。咱们得看看能制作什么武器，不过眼下咱们得先训练。"

到了下午，阳光射进了舞厅，窗户上的冰霜融化了一些。菲奥感到精疲力竭，不过这个上午他们过得太精彩了。

阿列克谢先是把他们的衬衫袖子都剪掉了。"这样就把你们的胳膊解放出来了。"他说，然后把剪下来的袖子拧成了绳索。

等到雪下得最紧的时候，他又派人从奇形怪状的灌木丛和树上砍下一些大树枝,雪能盖住远征队的脚印。

孩子们从石子路上捡来一些打火石,磨成了尖刀,然后把刀子绑在木棍头上,这样就做成了一杆杆标枪。他们还用从衬衫上扯下来的布条,把标枪严严实实地包了起来。

阿列克谢让大家排好了队。最小的那个孩子站在最前面,他只有五岁大,皮肤娇嫩而无所畏惧,亚娜最大,排在最后面。阿列克谢给大家传授着躲闪、刺杀和转身的技巧。

"刺!"他说,"不对,谢尔盖,用你的大拇指握紧。做得好,佐娅。"

菲奥和伊利亚免于训练。"一个士兵,一个驯狼人。菲奥,我还看见你带着一把刀。"阿列克谢说。他们两个人坐在炉火旁,继续制作武器。

菲奥在火上烤着自己捡到的紫杉枝,直到树枝又恢复了原先的柔韧。"看!"她使劲儿拉开从窗帘上扯下来的丝带,"一把弓。你知道怎么制作箭吗?"

"我想他们在军营里教过我们,可是我没听。那天我在琢磨怎么翻跟头的问题。"伊利亚说。

每过大约二十分钟阿列克谢就让菲奥和伊利亚当靶

子，让孩子们练习投掷石块，他俩只能不停地左躲右闪、上蹿下跳，手边能捡到什么，就把什么扔回去。要想无视阿列克谢根本不可能。

阿列克谢逼着孩子们做俯卧撑，对最小的孩子他会出手相助，对大一些的孩子就轻轻地踹上他们几脚。他顺着队伍跑来跑去，气喘吁吁地大声喊着口令。"安静，谢尔盖！你可以过会儿再聊天。这会儿你可以点头，但那只有当我说可以的时候。"

"待在他身边活像是守着一个闹钟，关不掉的闹钟。"伊利亚说。他的声音里透着一股钦佩。菲奥心想，阿列克谢可以在三十秒内凭空变成一团熊熊燃烧的烈火，在他的身上似乎不存在中间地带，只有着急、气愤、专横、哈哈大笑和睡觉。

"倒不是说他是一个不好的人。"菲奥对黑子说，这时夜幕已经降临了，"他很好，只是太复杂了。"

菲奥已经习惯了和狼在一起的安安静静的日子，习惯了轻声耳语、狼毛和下雪天，现在她发现自己得适应一阵子才能接受这一屋子的小孩子。小一点儿的孩子在结束训练后吵吵闹闹地来到她跟前，装成狼的样子，咬她的膝盖，反复把她的鞋带绑上，再解开，他们轻轻地抚摸卧在她臂

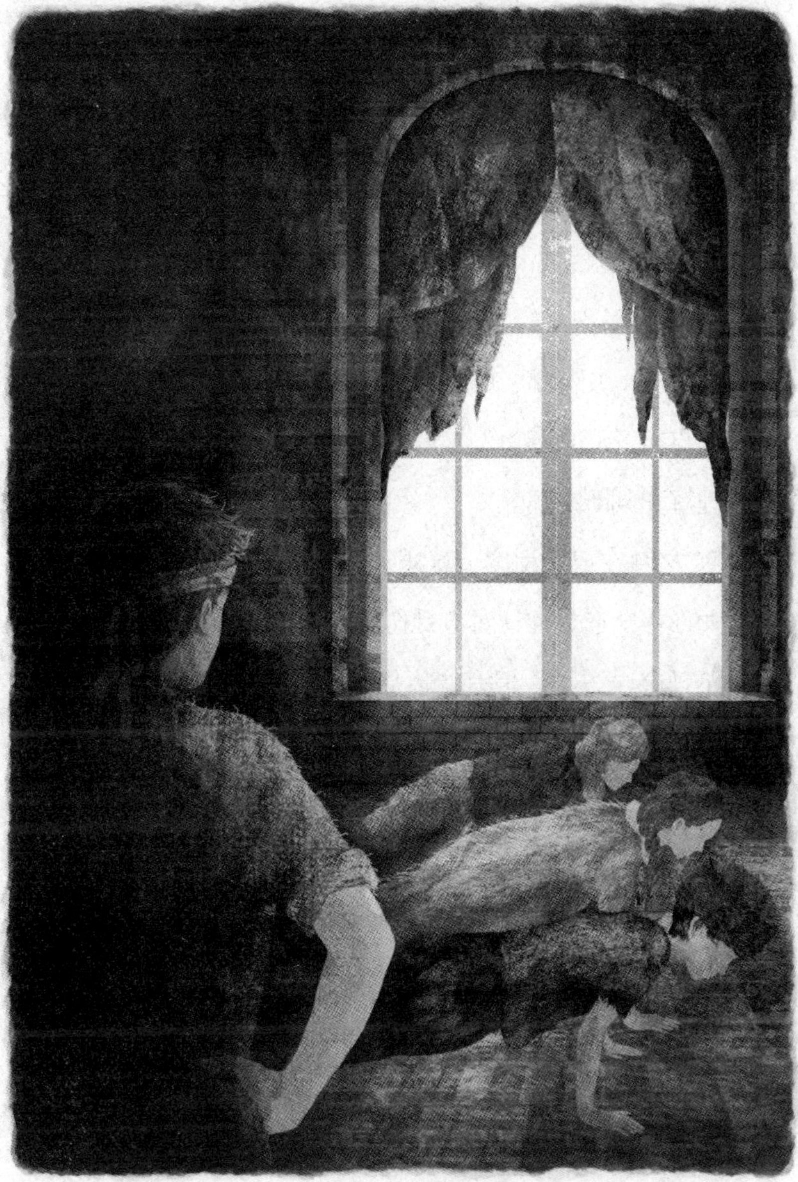

弯里的狼崽，还恳求她允许他们给她编辫子。但是，只要阿列克谢喊一声，他们便立即回到他那里，根本不需要他喊第二声。

"如果他不是这么英俊的话，应该就挺容易讨人嫌了。"伊利亚说。

"他就像天气，你不可能讨厌天气。"菲奥说。

不过，教亚娜、伊连娜和伊利亚赤手空拳格斗的不是阿列克谢，而是菲奥。她说任谁从小就跟狼待在一起，都会理解和判断疼痛。

"格斗在很大程度上意味着知道自己什么时候会受伤，正如你得知道如何让对方受伤一样。"菲奥说，"有些疼痛你不理会没关系，但有些疼痛你绝不能视而不见。"他们在手上缠上布条，学习如何猛击。"不要把大拇指插在拳头里，这样大拇指会断的。一碰到对方就立即转一下拳头的方向，同时让你的指关节变得尖一些。"

这天晚上，瓦西利萨和佐娅在探查完城堡外面的小屋后跑了回来，她们带来了一大堆消息。

"那里有一个花房！现在只剩下荨麻了，不过荨麻都还活着！"

菲奥任凭她们抓着她的两只手，把她拽到了花房。花房的玻璃已经被烟熏黑了，不过里面真的有一大片荨麻。荨麻在花盆里蔓延开，一直爬上了天花板，曾经种满了鲜花的地方现在都爬满了荨麻。菲奥大喊了起来："上这儿来，不要被扎到，用斗篷把手包住。你们能抱几盆回去吗？这真是太棒了！"

女孩们看上去很弱小，可她们一盆接一盆地把荨麻摞在怀里。菲奥低头冲她们开心地笑了，心想她们都长着跟狼崽一样的眼睛，年少、机灵。"谢谢你们！"

菲奥将剩下的荨麻全都连根拔起，然后用斗篷把手包得严严实实，咔嚓咔嚓地将荨麻叶子揉成小团，再掺上一点儿雪将荨麻球团得结结实实的。

"如果你的脸被这个东西砸中，至少有几分钟你什么都看不见，也没准儿是几天。"她说。

瓦西利萨和佐娅从抱着的花盆后面发出几声又细又尖的欢呼。

"你们俩远比看上去强壮多了。"菲奥说。

两个女孩的脸上飞起了红晕。

"我想人通常就是这样的，"菲奥继续说着，"如果你需要他们这样的话。加油！从村子里出来的时候，阿列克谢偷偷地带上了一些土豆，现在咱们就去把土豆和熏肉一起烤了吃。"

🐾

晚上,他们正在安顿好小孩子睡觉,菲奥突然最先感到情况有些不太对劲儿。

"听!"她说,正在给克莱拉盖毛毯的伊利亚立即停住了手。但房间里只有孩子们带着鼻息的呼吸声。

接着,菲奥又听到了那个声音——雪嘎吱嘎吱地被碾过的声音。

是脚步声。

"他们发现咱们了。"她悄声说。

"怎么了?"半梦半醒的克莱拉问道。

菲奥伸出一根手指压在自己的嘴巴上。

"出什么事了?"阿列克谢问,负责放哨的他为了看得更清楚,一直站在飘窗前的座椅上,"他们来了?"他一把从窗帘上扯下一根布条,缠在了自己的拳头上。

"你听得到吗?"伊利亚问。

更多的脚步声,车道尽头的大铁门在摇晃。"是一个人。"菲奥望着窗外,"不过我什么也看不见。太黑了。"

"拉科夫?"阿列克谢问。

"我不知道。"

"菲奥,你得离开这里。带上那两匹狼,现在就走。"伊利亚说。

"是的!我们可以拖住他们。"谢尔盖说。

"你以前没跟任何人打过架。"波格丹说。

"所以我现在就应该开始了,趁着我还年轻的时候。"谢尔盖说。

菲奥强忍着才没有一把抱住谢尔盖。

他们从书房的火堆里抽出几根树枝当火把,一个跟着一个顺着大理石楼梯下了楼。菲奥打头阵,亚娜抱着克莱拉殿后。

菲奥打量着自己破窗而入的地方,地上有一堆玻璃碴子。"咱们可以做一些雪球,把玻璃包在里面。谁想做?"

不出所料,谢尔盖愿意。

"还有波格丹,你瞄得很准。你愿意做吗?"

波格丹羞红了脸,他抽了抽鼻子,又点了点头,所有的动作一气呵成。"好的。"

"大厅里有荨麻,把荨麻也包在雪球里。准备一大堆雪球,如果可以的话。咱们需要很多雪球。亚娜,你愿意为他们望风吗?给你,瓦西利萨、佐娅,我的刀留给你俩,要是有人从窗户里钻进来,我允许你们用刀扎他们的脚脖子。"

"我害怕。"瓦西利萨小声说。

"我知道,宝贝儿。我也一样。"菲奥俯下身子,直视着她们的双眼,她的语速加快了一倍,"我不知道勇气从何而来,但是我知道只要你能鼓起一丁点儿勇气,不需要费什么劲儿更多的勇气就会自动冒出来。好吗?所以说,你们不需要很大的勇气,一丁点儿就足够了。你们能做到吗?"两个女孩点了点头,她们手拉着手,目光十分严肃。"太棒了!"

"我去去就来!"菲奥跑上了楼,她的弓就放在壁炉旁边。她一把抓起弓,直接从楼梯扶手上滑到了大厅,又从大理石地板上滑进了厨房。伊利亚跟在她的身后,把袖子挽得高高的。厨房里冷极了,天花板上悬挂着一根根冰凌。

"瞧!"菲奥拔下一根冰凌,把冰凌像箭一样搭在了弓弦上,"明白了吗?"她接着拔下一把又一把冰凌,有的冰凌比较钝,有的就像别针一样尖。她把弓交给了伊利亚。"你拿着这个。"

"那你呢?"

"我有狼。阿列克谢，"菲奥大喊了一声，"我想所有的人都应该待在大厅里。"

"所有人都待在楼梯上！带上火把！"阿列克谢发出了响亮的呼唤。

孩子们在楼梯上集合起来，他们的手里抓满了雪球和燃烧的火把。菲奥抬头看着他们——一伙将要成为罪犯的漂亮孩子，一股爱意刺痛了她的鼻头。

有人敲响了大门。

菲奥咽了一口唾沫，这是她没想到的。伊利亚将冰凌做的箭拉开了。

门被推开了。

伊利亚把冰凌射在了墙上，冰凌被撞碎了。站在门口的那个男人哈哈大笑了起来，他的笑声听上去不太像军人的笑声。他瘦瘦的、高高的，但是很强健，头发花白，身上穿着华贵的蓝色绸缎衣服。

孩子们发出了一声准备开战的怒吼。

伊利亚倒抽了一口气。"不要打！"他大喊一声，"停止开火！"

"这……"陌生人一边说，一边把带满了戒指的双手举过头顶，"出乎我的意料。我是来找一个男孩的，但看起来我找到了一支军队。"

他抬起头，看着楼梯上的孩子们，火光把孩子们的手染成了摇曳的黄褐色，然后他又看了看那两匹狼，它们的身上还披着金粉。"这是在演戏吗？"

"不是，"伊利亚说，"我想，您……搞错了。"

那个人的神情随即出现了变化，就是你在日出时会看到的那种变化。他冲着伊利亚哈哈大笑起来，伊利亚站在那里，弓上仍然搭着一根冰凌。"一点儿都没搞错！我就是来找你的。"他说道。

🐾🐾

他们花了好一阵子才说服谢尔盖不再继续往那个人的袜子里塞荨麻，并把其他孩子打发去睡觉。等到他们在小客厅的地板上坐下来时，夜已经很深了。客厅的墙上仍然贴着已经被烧焦的粉红色壁纸，天花板上画着微笑的小天使，房间里还有一架烧焦的钢琴。菲奥在炉火上烧了水，泡了几杯荨麻甜茶。那个人伸直了胳膊端着茶杯，仿佛茶会传染疾病。菲奥和伊利亚盘腿坐在地上等待着，那个人显得有些不自在，就好像他更适合扶手椅似的。黑子蹲坐在门口,眼睛里闪烁着以防万一的凶狠目光。

"正如你或许知道的那样——你应该知道,小伙子,我叫达里科夫。"

"达里科夫?"伊利亚的目光从菲奥转移到了那个人身上,然后又挪了回来,"伊戈尔·达里科夫?"

"谁?"菲奥。

"就是我。"达里科夫说,"似乎咱们在说车轱辘话。小伙子,上一次见面的时候我在追赶你。"

"嗯,是的。真抱歉。"

"我追你不是因为我想吃了你,也不是为了抓住你。不过,你似乎就是这样想的。"

"那你为什么上这儿来?"菲奥问。

"我来这里是想邀请这个男孩加入我的芭蕾舞学校。你们在这里似乎就靠着雪和植物过日子,不会以为我来这里是为了喝酒或者喝咖啡吧。"

这个人的声音,还有他那一身时髦的衣服让菲奥突然再一次感到了难为情,不过挣扎了一番后她还是开了口,虽然她的声音是那么小:"伊利亚……跳得很好吗?"

"不好,"达里科夫说,"他跳得不好。"

伊利亚的脸上突然没有了血色,他一个劲儿地盯着地板:"可是你说……"

"他现在跳得不算好,但是他的腾空动作……"

菲奥摇了摇头:"我听不懂这个词。"

达里科夫把手举过了头顶。"这小子能跳到这么高,比我们舞团里的所有人跳得都高。他身轻如燕。"

伊利亚苍白的面颊登时变成了紫色。菲奥轻轻地捅了捅他,听到达里科夫这么说,她开心得想在伊利亚的肩头咬上一口,不过她还是克制住了自己。

"就是说他会出名的!"

"或许会吧,或许不会。"达里科夫猛地站了起来,"小伙子,这是一个苦差事。只有在你明白这一点的情况下,我才会给你这个机会。有些人最后成了有钱人,但是也有很多人一文不名。舞蹈演员——并非总是受到人们的尊敬。经常有人发现要想结婚太难了。"

伊利亚摸摸嘴唇说道:"对我来说这不是什么问题。我一直知道我不会结婚的。"

达里科夫点了点头。"还有,你的脚会流血,你的身体会感到疼痛,每一天都会这样。身体没有疼痛的日子很少,碰到这样的时候,你的脑子就会感到疼痛。你要明白这一点!没有人能在不了解我们的历史、不了解舞蹈背后的故事、不读书、不把一切记下来的情况下就加入我们的行列。"他将一只珠光宝气的手狠狠地砸在另一只手上,"在繁重的练习中你总是会伤到哪个部位。"

菲奥咧嘴笑了。这一切听起来那么熟悉,那么像跟狼在一起的生活。伊利亚也冲她咧开了嘴。

"不过,这是一种生活方式。一辈子你会为成百万上千万的观众跳舞。要是你跳得足够好,他们就永远不会忘记你。你会很流利地使用一种全新的语言,许许多多的小孩子会看到你的双脚说着一种他们梦寐以求想要学会的语言。你会将别人的梦想展现在他们眼前。孩子——还有你,小姑娘——你们听明白了吗?跳过芭蕾的人会比以前更有见识。你会变得很坚强。"达里科夫说。

"就像菲奥那样坚强?"伊利亚问。

"我想是的。菲奥是谁?"

"就是我。"菲奥柔声地回答道。

"哈!那个和狼在一起的年轻女郎。我听说过有关你的传言。没错,我想应该会的。那么,孩子,你的答案是什么?跟我回去?有一匹马正等在大门外,还有一位车夫。"

伊利亚的手伸了出来,摸索着菲奥的手,菲奥紧紧地攥住了那只手。伊利亚说:"六岁的时候我第一次看到了芭蕾舞演出,你说过就是在这个年纪你第一次帮助一匹狼恢复了野性。那场演出并不精彩,他们都戴着手套,有些人的短裙上还有肉汁留下的污渍,还有些人的动作非常慢。但那一切对我来说意义重大。就像你和狼,还有雪对我的意义重大一样。"伊利亚说。

"那么你还在等什么呢?"菲奥说。她笑得那么灿烂,感觉自己的嘴角都要裂开了。

伊利亚把头转向了达里科夫。"不,不行。现在还不行。"他说。

"你需要把消息告诉你的父母?我们可以办到这件事情。学校里有一位秘书,她负责打理学生们的事情。这可是正经事,我的孩子。"

"不,不是我父亲的问题。他根本不关心这些。可是……我在这里还有事情。"

达里科夫的眉毛尖尖的,听到伊利亚的话,他的眉梢扬了扬。"孩子,我可没有时间等待不能全心全意投入进来的人。要么现在就走,否则就不要来了。"

"真的,不是我不想去,是我不能去。"

菲奥把伊利亚拽到房间另一头的窗户跟前。"伊利亚,你在干什么啊？你必须去。没有你，我们的人手也够了。"

"你不需要我了？不需要帮助了？我还以为咱们是……朋友。"

"我当然需要你！"菲奥考虑着措辞，可是没有一个词能够解释清楚眼下这种特殊的情况——一个跳起舞来就如同一首战歌的男孩，一个虽然害怕寒冷却毫无怨言地跟着她走了这么远的男孩——没有什么词汇能配得上这样一个男孩。"你跟我们是一伙的。我、黑子和大白，还有狼崽，还有你。灰灰都让你骑它了，这就说明你是我们中的一分子。"

"没错。"伊利亚说，"那么我要留下来，不对吗？"

"可是那个人给了你那么好的机会，他给你的是好几年的生活，给你的是一辈子。"

"不行。如果两者中只能选一样，那我选你，还有狼。"

"要是我咬了达里科夫，你觉得他会让你再多待一阵子吗？"菲奥说，"或者要是狼咬了他呢？我想它们会这样做的，如果我们向它们示意的话。或许吧。它们也想帮你。"

菲奥的身后响起一阵狂笑。达里科夫已经悄无声息地从房间另一头走了过来，就站在距离他们只有几英寸的地方。"没这个必要!"他说。

菲奥脸红了。"这只是说说而已。"

"我是一个迷信的老头子,"他说,"我还是决定不插手狼的事情了。小伙子,倘若这些狼需要你,那你最好还是去吧。我给你三天的时间,到了学校的大门口就说要找达里科夫,他们会安排好一切的。你只需要理理发。如果你能抛下这几匹狼的话,我会感激不尽的。谢谢你们,不用送了,只要门口没有拿着荨麻的孩子等着我就行。"

这天夜里菲奥几乎没有睡觉,叫醒孩子们的时候天才蒙蒙亮。

"出什么事了?你不许我们弄死的那个人怎么样了?"谢尔盖问。

"伊利亚……把他对付过去了。来吧。咱们走吧,"菲奥说,"咱们去找拉科夫吧。"

第十五章　风中传来的呼唤

星期四，一群孩子飞奔到圣彼得堡的石头大门前。他们一脸恐惧，紧张得要命。其实前一天他们已经勤奋地练习了一晚上这种表情。

"狼！狼！"他们大叫着。

"什么？"卫兵朝四周打量了一圈，"在哪儿？"

"那儿！就在我们身后！"一个充满魅力的姑娘紧紧地抓着卫兵的手腕，这个女孩大约十七岁，一只手上还抱着一个瘦小的女孩，"在树丛中！看呐！天哪，让我们进去吧!"

卫兵推开了城门,十几个孩子在一个女孩的带领下鱼贯而入。领头的女孩穿着一双男人的靴子,身上披着一条带帽兜的红色斗篷。一个缺了一颗门牙的男孩嚷嚷了些什么,可能是"咱们进来啦!",随即就被一只手啪的一下捂住了嘴,不过卫兵只顾盯着自己手里的枪,冲那几头野兽开着枪。仿佛是听到了某种信号或者一声口哨,那几头野兽突然掉头跑了回去,消失在了雪地中。

"害人虫。"一个卫兵说,"将军就是这么说的。长着尖牙的害人虫。"

半个钟头后,一个年轻的士兵用锁链牵着两头野兽从卫兵身旁走了过去,他们没有认出这两头金粉加身、派头十足的野兽,不过这并不难理解。年轻的士兵在走过去的时候敬了一个礼,卫兵也向他回敬了一个礼。他们没有注意到强忍着的开心令这个男孩的脸上闪耀着多么灿烂的光芒,所有克制的喜悦令他的身体颤抖得多么剧烈。

菲奥同其他人在圣彼得广场等着伊利亚。太阳照耀着他们周围的一座座穹顶,广场上撒满了刺眼的冬日阳光。几天前盯着他们看的那群孩子依然聚在广场上,依然一个劲儿地盯着他们看,仿佛从那时起他们就一直没有挪过窝。阿列克谢混进了这群孩子中,跟他们交头接耳地聊着天,开着玩笑,拍着他们的肩膀,并给他们分发着小木棍,他的笑容比以往任何时候都灿烂。他站在渐渐消融的积雪中,上衣少了袖子,脑袋上没有帽子,脸上青一块、紫一块的。

菲奥解开了自己的麻花辫,穿上了原先弥漫着狼的气味的衣裳,这下她觉得更接近原本的自己了。她的心情出奇地平静。黑子甩掉了脖子上的锁链,毕竟那只是刷上颜色的绳子而已。它跑到菲奥跟前,舔了舔她的拳头,然后在她的靴子上啃了起来。之前菲奥在黑子的身上抹上了一道道金粉,给大白的绷带上也撒满了金粉。

聚集在广场上的孩子们突然出现了一阵骚动,有人推搡着,有人大声喊叫着。

"嘿!"一只大人的手将孩子们拨拉开,格雷戈里挤到了最前面,恼怒之下他的胡子不住地颤抖着。

"你们知不知道……"他一边咆哮,一边把谢尔盖拎到了半空中,"你们现在惹上了多大的麻烦?"他把谢尔盖紧紧地搂在自己的胸前,"三天来我们一直在树林里找你们,还是萨沙想到你们可能会上这儿来。这几天你们跑到哪儿去了？"

更多的从村里赶来的大人挤过人群，他们一把抓住瓦西利萨和佐娅，紧紧地搂住了她们，两个女孩疼得喊叫起来。

"哦……噢，"阿列克谢说，"咱们可能有麻烦了。"

但是，萨沙往前挤去，爬上一把长凳，大喊了一声，叫大家安静下来。"格雷戈里！安静，你这辈子就安静这么一次吧。听着，我之前都急疯了，可我们不是为了冲你们大吼大叫才上这儿来的。我们是来帮助你们的，帮助菲奥，还有我这个叫人恼火的弟弟。我们是为拉科夫而来的，是时候了。我们来这里是参加反抗的。"萨沙说。

菲奥率领的队伍发出的欢呼声那么响亮，连天上的云彩都晃动了起来。

"说点儿什么吧，菲奥。他们都在看着你呢。咱们需要他们。说点儿什么吧。"阿列克谢说。

"可是我觉得太难为情了。"

"你没有权利难为情，难为情可是一件奢侈的事情。嘿！"阿列克谢大喝一声，"大家注意了！听她怎么说！"

人们把菲奥推上了教堂的最高一级台阶，站在那里等待着。

"我不知道该说些什么,"菲奥开口说,"嗯……谢谢大家上这儿来。可是,"每一个人看她的目光都那么凝重,她的眼眶里涌起了滚烫、羞赧的泪水,她把头转向了阿列克谢,拼命控制着颤抖的下巴,"我不知道该怎么说。"

可是就在这时台阶上的人群朝两旁闪开了,漂亮、大胆的黑子昂首阔步地走上了大理石台阶,一边走,一边发出嘶嘶的声音,还时不时地叫上几声。它的身后跟着大白。它们穿过人群,来到菲奥的身旁,坐了下来,一边一个,还把脸扭向了她。菲奥将两只手放在它们的头上,吸了一口气,吸进了黑子和大白充满野性的勇气。她一把抹去了眼睛里的泪水。

"阿列克谢要我发动一场革命,我会努力的,我要努力下去,直到死的那一天。然而,发动这一切的人并不是我,而是米凯尔·拉科夫。一天夜里,拉科夫跑来烧了我们的房子,抓走了我妈妈,就因为他害怕妈妈。他害怕妈妈是因为妈妈什么也不害怕。

"后来,就是三天前,他杀害了我最亲密的一个朋友。"

人群中发出了一声嘶嘶的声音。一群男人从一个酒馆里走了出来,站在马路中间,盯着他们。

"那是一匹狼。"有人哈哈大笑了起来,但是菲奥继续说了下去,"它是这个世界上最勇敢、最聪明的狼,所以现在我必须更勇敢,这样我们全部的勇气才不会减少。拉科夫喜欢放火烧了一切,我们全都知道这一点,可是妈妈的心里有团烈火,拉科夫就害怕这样的烈火燃烧在有生命的物体心中。"

一群修女排成一队走了过去,她们突然停下了脚步,在风中裹紧了她们身上的长袍。

"他还在抢走我们的粮食和家园,还在抓走我们爱的人。你们中间有多少人因为他一天天变得越来越孤单?"

一个修女欢呼了起来。

"他还在夺走了我们的未来。未来需要我们去保卫,它太脆弱了。未来需要得到尽可能多的帮助。"

萨沙高声喊了几句,没有人听得懂她在喊什么。她一把将瓦尔瓦拉甩到了半空中,小宝宝尖叫了起来。

"拉科夫想要杀了我妈妈,他打算今天就让她永远离开我,可是我……"菲奥拨开盖在眼睛上的头发,使劲儿挺了挺身子,好让自己显得高一点儿,"我是一个狼女,我不怕他!"

最后一句话并非实话,然而怒吼声还是响彻了整个广场。

"因为我，他瞎了一只眼睛。但是他一直都是一个瞎子，看不见摆在眼前的事实。事实就是我们的人多过他的人，事实就是燃烧在你们心灵中的烈火会扑灭大地上燃烧的火焰，事实就是爱永远会战胜恐惧，事实就是有狼的陪伴很有用。"

一个修女拼命地在空中挥舞着拳头，还把身边一位厨师的帽子打掉了。

"我并不想要革命。我只想找回我的妈妈，只想一切都还能像从前一样，而且……阿列克谢，"她冲着他笑了，"当你谈论起革命时，其实有时候很烦人。我发现了一件事情——革命者很烦人，可是……拉科夫并不是单单冲着我们，冲着我和妈妈来的。他还夺走了亚娜的保罗，这意味着他把亚娜的一部分也夺走了。他还夺走了谢尔盖的一部分，而谢尔盖才八岁。"

"九岁！"谢尔盖大喊了一声，"几乎九岁了！再有一个星期就九岁了！"格雷戈里哈哈大笑起来，他轻轻地拍拍了儿子的后脑勺。

菲奥基本上没有听到谢尔盖的话。"拉科夫，他觉得没有理由不让自己随心所欲地大肆抢劫，他认为恐惧是世界上最强大的东西,也是最有用的东西。他知道我们更在乎自己是否平安无事,而不是是否勇敢,可是后来……他把我的灰灰也夺走了。"菲奥扫视着开阔的广场,看着周围一座座金色的穹顶,看着面前一张张仰起的脸,"现在,我宁愿选择勇敢。我们得告诉他,你不能再抢走任何东西了。一个人做不到,单凭一个人的力量是做不到的,但是我们所有人——我们这些孩子,都可以重新为自己做主。我们可以收起我们的恐惧。我不知道我们能不能赢,但是我们有权试一试。大人们想让我们沉默、小心一点儿,可是我们有权为了自己渴望的世界奋起反抗,谁都没有权力叫我们安稳一点儿、理智一点儿。是的,就在今天,我们要反抗了!"

伊利亚大喊了一声,声音那么响亮。他的脸都憋青了,阿列克谢不得不拍了拍他的后背。阿列克谢的巴掌让伊利亚脸上的青色更重了,他哈哈大笑了起来,又拍了一下伊利亚的后背。

"拉科夫不相信我们有能力。"菲奥继续说着,"他以为我们只会干坐着,每个人都孤零零地坐在那里,两只手放在大腿上,指望下一个遭殃的不会是自己。他不相信我们有勇气。我们现在就让他看一看我们就像……就像狼一样勇敢!"

大白和黑子听懂了最后一句话,它们站了起来,嗥叫着。在它们的嗥叫声中,菲奥高喊着:"告诉拉科夫,开始为他抓走的那些人祷告吧!告诉他,我们要结束这一切了。烈火在我们的血液中,大地在我们的脚下,我们就要永远改变我们的历史了!"

怒号声响起来了,响彻广场和周围一条条小巷,全城的孩子都竖起了耳朵,转过了头,就像狼听到了风中传来的一声召唤。

伊利亚哽咽地喊了一声战斗口号。他跑在人群最前面,穿过大街小巷,朝着监狱的方向转过身,吼叫起来:"拉科夫,快跑吧,藏起来吧!我这就让你看一看你不能再小看我了!你说错了,你竟然说别人软弱无能!现在这个错误要去找你了,而且是带着拳头去找你!"说完他又在原地转过身,像跳芭蕾舞那样踮着一只脚尖飞快地转了一圈,快得让菲奥以为他的鞋底会冒出火星。伊利亚没有再转过身看一眼人们是否跟了上来,就自顾自地撒开两条腿继续向前跑去了。

一匹狼从人行道上飞奔出去,一看到这幅景象,人们立即散开,让出了一条路,菲奥飞快地蹿上了正在全速飞奔的黑子,她的头发啪啪地扑打在两旁行人的嘴巴上。谢尔盖用年仅八岁的肺拼尽全力发出了一声咆哮,随即便一蹦一跳地跟上了菲奥。

菲奥加速了,她用两只膝盖不断地催促着黑子。孩子们冲向了大街,沿着丰坦卡运河飞奔向前。菲奥回头看着跟在身后的孩子们,他们唱着歌、尖叫着、手拉着手奔跑着,雪花不断地扑打在他们的眼睛上。他们完全恢复了野性。他们的叫喊声比绝大多数人的声音更响亮、更刺耳,当他们跑过去时,他们的叫喊声促使更多的孩子从大街两旁的一条条小巷里冲出来观看。他们看到了两匹金色的狼,看到了那个头发飞扬的女孩,还有一大群欢欣鼓舞唱着歌的孩子和大人,还有狗。成百上千的人蜂拥来到街上。伊利亚一边跑,一边给瓦西利萨和佐娅唱柴可夫斯基的曲子。

在一条小巷子里一群孩子正在晾衣服,他们也扔下了手上的活,飞奔着跟上了人群。他们将红色内裤当作红旗挥舞着。等菲奥转过监狱的拐角时,她的身后已经跟上了三百个人。

站在监狱门前的还是那个卫兵,他张大嘴巴,不出声地说了一句:"伯爵夫人?"黑子径直从他身边冲了过去,

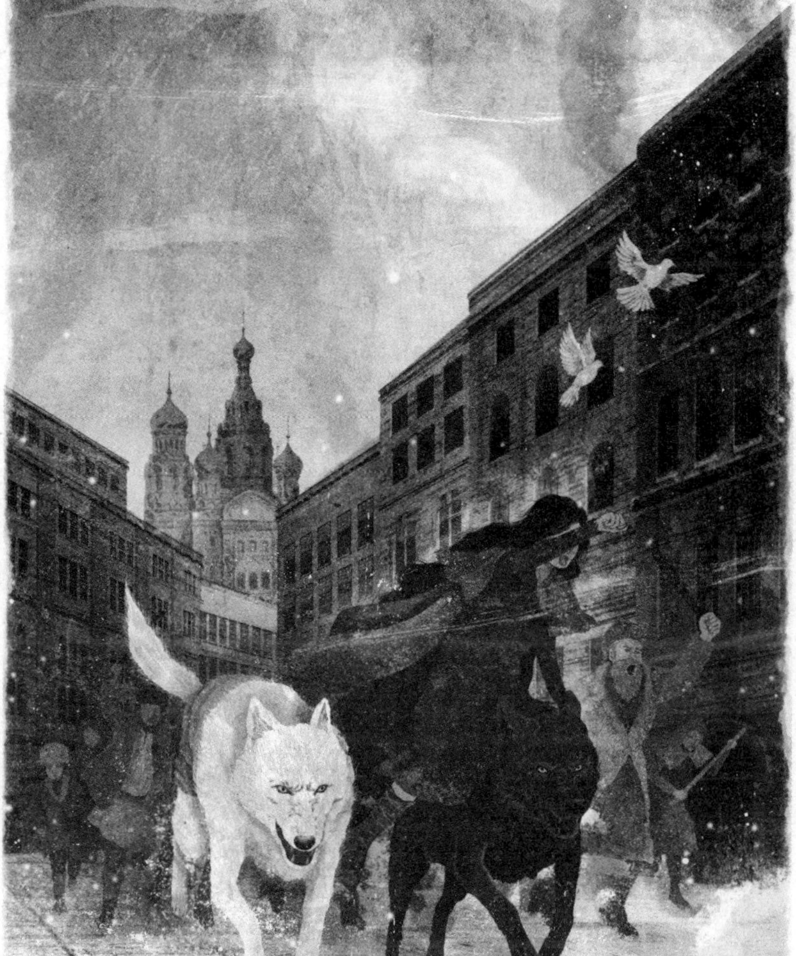

三百双手肘和三百对膝盖汇成的海洋把他顶到了墙根。监狱的窗户里冒出来一张张脸。

阿列克谢跳上一个灯杆,冲着人群喊道:"分散开!砸烂门!砸碎窗户!分头行动!叫他们疲于奔命!"

一场骚乱出现了。就在短短一分钟的时间里,原本风平浪静的世界陷入了一片混乱。波格丹在大理石台阶上跳起了舞,谢尔盖为了躲避追捕爬上了一根排水管,一伙修女朝卫兵们抡着右勾拳。所有人——就连年龄最小的孩子也不例外,全都怒吼着,他们的吼声响亮得就如同一百件激愤的乐器在大合奏一样。

菲奥从人群中钻了过去,她的手里拿着头一天晚上伊利亚在一片烧焦的壁纸上给她画的地图。几十个卫兵推推搡搡地从她身旁挤了过去,去追赶暴动的人群,有的人嘴里还嚼着午饭,其中一个人从走廊里飞奔过去时还在努力地系背带的扣子。他们没有理睬菲奥,她不过是一个守着两匹狼的形单影只的小女孩。菲奥壮着胆子飞快地走着,一路上一直低着头。当她快走到北楼的时候,周围墙壁上的油漆已经剥落了不少,走廊也变窄了。看见前面的墙上有一溜铁门,她立即加快了脚步。黑子和大白紧跟在她的身后,它们的鼻子一直蹭着地板。

刚一转过拐角菲奥就一下子收住了脚步,一把将两匹狼的脖子牢牢抓住。一个卫兵独自一人站在过道的中间。

"站住!"

"我站住了啊。看呀。"菲奥双手举过头顶。

"不许动!"

她咽了一口唾沫。"你有武器,"她说,"但是我有两匹狼。狼造成的伤口可疼得多。想一想吧!我觉得你应该把钥匙交给我,然后赶紧逃跑。"

卫兵死死地盯着菲奥。她突然意识到自己认识这个人,几个星期前就是这个年轻的士兵扛着驼鹿进了她家。他那张地包天的嘴巴令人无法忘记。这会儿他正大张着嘴巴,死死地盯着她。

"你就是那个狼女。"他说。

"完全正确,"菲奥说,她指了指自己的身后,"外面……"这时外面传来了窗户被砸碎的声响,"比这里更需要你。况且,在这里狼会把你给吃掉的。大概吧。事实上……"她低头瞟了一眼两匹狼,看了看它们闪闪发光的牙齿,"不是大概,绝对会的。"

卫兵还在犹豫不决,伊利亚突然从走廊上冲了过来。他在大理石地板上滑行了一段,从菲奥和两匹狼的身边照直闪了过去，最后他跳了起来，跳得比俄罗斯国任何一位舞蹈家都高，两条小腿砸向卫兵的两只肩膀，随着一声惨叫他们倒在了地上。菲奥一个箭步冲了过去，一把抓起钥匙和掉在地上的手枪，并笨手笨脚地掂了掂手枪。

她说："现在我可有一把枪，再加两匹狼了。"虽然身体紧张而又兴奋地哆嗦个不停，她还是举着枪瞄准了卫兵，"还有一个芭蕾舞演员，一个驯狼人。滚开。"

卫兵手忙脚乱地从地上爬了起来，惊恐地看了狼一眼，然后就消失了。

菲奥用钥匙打开一扇扇沉重的牢房铁门，把门都推开了。第一间牢房里没有人，在接下来打开的牢房里有一个上了年纪的女人用法语嘟囔着，菲奥让门敞着，继续向前跑去。第三间牢房还是空无一人，只有几面砖墙、一把厚木板做的长椅和一只马口铁的小桶。

"伊利亚！"她摸着钥匙环，"拿这把钥匙去另一个走廊试试看。你想带着这把枪吗？我信不过它。"

"好的。"伊利亚的身影消失在了拐角处。

"当心点儿！"菲奥喊道，"他可能藏在任何一个地方。"

菲奥又打开了一间牢房，这已经是第四间了，接着又是第五间。她停住了，感觉五脏六腑都脱离了身体，坠落到了地上。

米凯尔·拉科夫坐在长椅上。他穿着全套的军装礼服，可是面颊浮肿，腿上的绷带一直缠到了大腿上。他的皮肤就如同临死的人一样晦暗无光。一看到菲奥，他的一只眼睛就睁大了，紧紧闭着的嘴巴朝上弯了起来。

菲奥的心脏停止了跳动，膝盖软了下去，她唯一能做到的就是强撑着不倒在地上。

"你！"拉科夫说，"又是你。"

"你躲起来了。"菲奥低声说道。

"我可不希望被揪到一群乌合之众面前，他们不明白我为这个国家做出了多么大的贡献。"他不屑地看着菲奥，站了起来，"他们不明白我用烈火让这个国家变得多么干净。"

菲奥听到伊利亚又砸开了一扇铁门。她想呼救，可是从他们头顶上传来的喧闹声震耳欲聋。没有人能听到她的呼喊声。

"你真是把我的精力都耗干了。"拉科夫走近菲奥，低头看着她。菲奥还从未见过如此冷酷的眼神。"对于一个年纪这么小的孩子来说这样的结局似乎有些悲哀，有些不道德。"他给手枪上了膛,"不过生命本来就很悲哀。"

"我不会……"菲奥说。这时黑子突然发出了一声嗥叫,空气都随之震颤起来。大白则大步走到他的身后,也嗥叫着。这是地地道道的双双齐吼的野兽的威胁。"这两匹狼,它们认出你了。"菲奥低声说道。

"狼不会明……"拉科夫说,就在这时黑子从菲奥身旁飞了出去,一头扑向了他,随着一声枪响,黑子把牙齿深深地扎进了他的手里,用嘴巴扭着他的手。疾驰而来的大白将菲奥撞到了墙根,刹那间菲奥的眼前天昏地暗。

当世界又恢复清晰的时候,拉科夫已经被逼到了角落里,距离自己的手枪有好几米远。他冷笑了一声,弯起的嘴角高得让他的小胡子和眉毛似乎都要凑到一起了。

"你不知道你在做什么。叫这两匹狼退回去。"他的声音充满了自信,"小白痴!你不知道要是你对我动手会发生什么事情。你会被处死的!"

"你已经试过了,所以这样的威胁不太管用。"

"你不明白权力这回事,也不明白世界是怎么运转的。"他向下打量了一眼那两匹狼,它们凑得更近了,"你没有这个胆子。"

"我想我有。"菲奥说。她的脑袋有些眩晕,但是她逼着自己压低身子,慢慢朝前挪了过去,捡起了手枪,又跑回了原处,"我想我很明白。这几天以来我明白了很多事情。不管怎么说,我明白了最重要的事情。"

"孩子,要是你不叫这两匹狼退回去,你就得在大牢里待一辈子!"

"我觉得不会的,"菲奥说,"不会的。不管怎么说,多谢你了。"

"快点儿!"

"还有,它们已经恢复了一些野性。"菲奥觉得自己听到另一条走廊的深处传来了一个声音——一声叫喊,"我没法一直控制它们。"

她听到伊利亚欢天喜地地叫了一声,一个如同周末、如同黎明的声音,一个阳光照耀的声音。她咽了一口唾沫,汗水让她的手指变得滑溜溜的。

"你会受到严惩的!"拉科夫靠在墙上,"你不可能杀了人还逍遥法外。"

"是你杀过人。你杀死了亚娜的保罗,还有许许多多的人被你活活烧死,被你留在冰天雪地里活活冻死。你杀了你自己的部下——上了年纪的,就为了好玩。"她朝拉科夫的脚上狠狠地啐了一口,拉科夫厌恶地把脚缩了回去,紧紧地贴着墙,"你杀死了灰灰。"她用枪指着他的胸口。

"我是将军!我是沙皇最喜欢的军官!法律对我来说是不一样的!想一想书上是怎么说的——不可杀人。"

菲奥看着拉科夫,他的额头上有一根青筋跳了一下,他的眼睛仍旧那么冷酷无情,仍旧死死地盯着菲奥。那双眼睛里没有一丝疑虑和悔恨。

菲奥看看两匹狼,看看它们尖利的颈毛,还有包裹在脊柱和肩头里的怒气。

"狼可不读书,"她说,"你的命运完全取决于它们。"她屏住呼吸,走出了牢房。她在过道里走着走着,突然扔掉枪,撒腿就跑,冲上楼梯,再从大理石地板上滑行,朝着另一条走廊的深处奔去。她循着笑声转过了拐角,就在走廊的尽头,一个高大的女人拉着伊利亚的手,她的一只眼眶上有四道爪痕,她的脸就是照着雪豹和圣人的模子翻刻的。

玛丽娜大喊了一声,弯下腰,张开双臂,菲奥一头扑进了玛丽娜的怀抱,她的心原本一直痛苦地念叨着"妈妈",此刻那份痛楚变成了"回家"。

过了几个小时，菲奥和母亲才有机会说说话，只有她们母女俩和两匹狼。拉科夫完蛋的消息飞快地传到了全城男女老少的耳朵里。等消息传到圣彼得广场的时候，不只菲奥率领的队伍发出了怒吼声，就连帝国军团的战士们也加入进来，他们扯掉了衣服上的金纽扣，就像扔彩色纸屑一样抛向了空中。

菲奥与母亲手牵着手缓缓地走着，走过了向前挺进的人群。她们走过了喜笑颜开的阿列克谢，他正站在附近的一根柱子上演讲；她们走过了伊利亚，他正在大街上和一群小男孩跳着奔放的哥萨克舞；她们走过了克莱拉，她正坐在亚娜的腿上，而狼崽像布娃娃一样躺在她的怀里，菲奥一把抱起了狼崽，她向亚娜承诺以后会带着它去看望她们；她们走过了一只只伸出的小手，孩子们都想摸一摸菲奥的红斗篷，希望红斗篷能为他们带来好运气。她们穿过无人把守的城门，喧嚣的歌声和战斗声渐渐消失了。

菲奥让妈妈看看雪橇，还有黑子眉毛上仍旧粘着的金粉。"是书上的金粉，粘好长时间都不会掉。"她说。

她们站在雪地里，背对着喧腾的圣彼得堡。

"亲爱的，咱们上哪儿去？"玛丽娜说，"现在咱们哪里都能去了。回到小树林？还是去南方的莫斯科？"

"现在我只希望能睡上一觉，我知道一个地方，"菲奥说，"我还想吃点儿东西。"她突然意识到自己已经饥肠辘辘了，"明天咱们应当让这两匹狼自己做一个决定。"

🐾🐾

从前，也就是许多年以前，有一个皮肤黝黑、风风火火的女孩。

她和妈妈住在一座废弃的城堡里，城堡的外面全都被烧焦了，但是里面一尘不染。城堡里总是弥漫着调料和热乎乎的烩菜的香气，还有擦干的野兽毛皮的令人安心的气味。

女孩的卧室在西侧的塔楼上，她用颜料盒里的每一种颜料给窗户涂色，这样一来，夜晚的灯光就把城堡外的土地染成了金色和红色。

隔壁房间里有一张床，只有在假期里才会有人睡在那张床上。房间里的镜子上方挂着一双芭蕾舞鞋。

城堡的舞厅里住着三匹狼，一匹白色的，一匹黑色的，还有一匹比这两匹小很多，它的毛色黑白相间，胸口，也就是心脏所在的位置长着一片灰色的毛。

致　谢

　　我非常感谢以下这些人，正是在他们的帮助下这部作品才得到了最大限度的完善。

　　感谢我的编辑艾伦·霍尔盖特，以前我一直认为只有在童话世界里才能见到他所具有的聪明才智和耐心。感谢西蒙与舒斯特出版公司的戴维·盖尔给予我无尽的体贴。感谢我的经纪人克莱尔·威尔逊，很多人都告诉我，他们听说她是最优秀的经纪人，但他们根本不知道她究竟有多么优秀。

　　感谢菲利普·普尔曼与杰奎琳·威尔逊，他们的著作照亮了我的童年，他们的鼓励一直都是一种恩赐。

　　感谢才华横溢的哥哥，我的每一部作品他都是第一个阅读的。我还要一如既往地感谢我的母亲和父亲，为他们为我付出的一切。

我还要感谢蔚为壮观的一大批朋友，尤其是麦克·阿默斯特、拉维尼亚·哈林顿、约翰尼·霍华德、凯蒂·杰克逊、萨米·吉、戴西·约翰逊、杰西卡·拉泽尔、丹尼尔斯·摩根和罗斯柴尔德，以及朱莉·斯科拉塞。我还要感谢丽兹·恰特吉为我提供了威士忌，阿米娅·斯里尼瓦萨为我提供了葡萄酒。感谢玛丽·韦尔兹利，我一直在窃取她那些精彩绝伦的俏皮话。感谢米里亚姆·汉布林，自从十岁那年相识以来，在我的心目中她一直是慷慨大度的楷模。

最需要感谢的是西蒙·墨菲，他带我见到了我的第一匹狼。

图书在版编目（CIP）数据

骑狼女孩/（英）凯瑟琳·朗德尔著；徐海幽译. —昆明：
晨光出版社，2017.4（2025.5重印）
ISBN 978-7-5414-8906-8

Ⅰ.①骑… Ⅱ.①凯… ②徐… Ⅲ.①儿童小说-长
篇小说-英国-现代 Ⅳ.①I561.84

中国版本图书馆CIP数据核字（2017）第042607号

THE WOLF WILDER by KATHERINE DUNDELL
Text copyright © 2015 by Katherine Rundell
Illustrations copyright © 2015 by Gelrev Ongbico
This edition arranged with ROGERS, COLERIDGE & WHITE LTD (RCW)
through Big Apple Agency, Inc., Labuan, Malaysia.
Simplified Chinese edition copyright©
2017 Beijing Yutian Hanfeng Books Co., Ltd.
All rights reserve.

著作权合同登记号 图字：23-2016-148号

QI LANG NÜ HAI
骑狼女孩

出版人　杨旭恒

作　　者	〔英〕凯瑟琳·朗德尔
绘　　画	〔菲〕杰尔拉夫·安比可
翻　　译	徐海幽
译文审订	钱厚生
项目策划	禹田文化
版权编辑	王彩霞
责任编辑	杨亚玲
项目编辑	杨　博
封面设计	木
版式设计	晓　娥

出　　版	晨光出版社
地　　址	昆明市环城西路609号新闻出版大楼
邮　　编	650034
发行电话	（010）88356856　88356858
印　　刷	固安兰星球彩色印刷有限公司
经　　销	各地新华书店
版　　次	2017年4月第1版
印　　次	2025年5月第20次印刷
开　　本	145mm×210mm　32开
印　　张	9
ISBN	978-7-5414-8906-8
字　　数	145千
定　　价	28.00元

退换声明：若有印刷质量问题，请及时和销售部门（010-88356856）联系退换。